ちくま文庫

もうすぐ絶滅するという煙草について

ちくま文庫編集部 編

筑摩書房

もうすぐ絶滅するという煙草について＊もくじ

I

たばこすふ煙の垂るる夜長かな　芥川龍之介　7
人生は煙とともに　開高健　10
喫煙者の受難　中島らも　16
タバコと私　遠藤周作　20
私とタバコ　高峰秀子　28
けむりの行衛　檀一雄　34
煙草　松浦寿輝　40
「文士と酒、煙草」　夏目漱石　43
煙草の人たち　久世光彦　44

仕事終わりに髪からたばこの香りが鼻をかすめる
この人生も気に入っている　ヒコロヒー　46
ぼくのたばこ　荒川洋治　54
喫煙者にとっても非喫煙者にとっても
うれしいタバコ　米原万里　59
乞食時代　吉田健一　64
たばことライター　佐藤春夫　74
我が苦闘時代のたばこ　赤塚不二夫　79
煙草あれこれ（抄）　丸山薫　86
パイプ　杉本秀太郎　94
パイプ礼讃　澁澤龍彥　100
パイプの話　安西水丸　108
憧れのパイプ、憧れの煙管　あさのあつこ　111
色里の夢は煙か　杉浦日向子　115

葉タバコの記憶　安岡章太郎　121
煙草ぎらひ　堀口大學　125

II

煙草の害について　谷川俊太郎　130
嫌煙　なぎら健壱　132
けむたい話　山田風太郎　136
たばこ　常盤新平　141
喫煙　別役実　144
たばこ規制に考える　池田晶子　149
喫煙の起源について。　内田樹　153
煙管の雨がやむとき　柳家喬太郎　155

III

タバコをやめる方法　安部公房　164
禁煙の快楽　島田雅彦　168
非喫煙ビギナーの弁　東海林さだお　170
禁煙免許皆伝　小田島雄志　181
煙草との別れ、酒との別れ（抄）　中井久夫　184
禁烟　斎藤茂吉　194
タバコと未練　赤瀬川原平　200
元煙草部　いしいしんじ　206
煙歴七十年　内田百閒　211
ののちゃん　7218　いしいひさいち　217
時の流れと煙草と　三國連太郎　218

たばこすふ煙の垂るる夜長かな　芥川龍之介

I

人生は煙とともに

開高健

無人島へ流される時は必ずたばこを持っていく

未開、先進を問わず全世界の人間が、だれに何をいわれたわけでもないのに共通して行っているもの。たばこはそういうものなんだ。全世界、どこへ行ってもたばこ、もしくはたばこの類似物を吸っている。

僕にいわせれば、たばこは第二次必需品やね。第一次必需品とは空気、水、食べもの。つまり、生物として生きていくうえでどうしても必要なものを指す。たばこはそれに次ぐ存在。人間として生きていくうえでどうしても必要なものの一つといえる。

ふと夜中に、たばこが一本もないことに気付くと、僕はそれだけでオロオロしてしまう。手元にたばこと読む本が一冊もない状態は、僕にとっては地獄に近い。たばこと本のないところでは僕は生きてはいかれないから、無人島へ流されることになったら、荷物の中にはまず大量のたばこを詰めこむことにきめている。

たばこを吸い始めたのは敗戦後間もないころで、食うや食わずの栄養失調の体には、本当に煙が目にしみた。それでもたばこを吸いたくてたまらず、シケモクを拾ってはほぐし、手巻き器で巻いては吸い、拾ってほぐしてはまた吸ったものだ。

一九六〇年（昭和三十五年）、初めてパリに行ったとき、ふと入った一軒のたばこ屋で手巻き器を売っているのを見つけ、ほとんど茫然としてしまった。もちろん早速買い込んで、夜ふけにホテルの部屋で巻いて吸った。煙の中に次々とさまざまな声や顔が流れていって、涙が出そうになったね。

たばこの効用ってのは、煙にあるんじゃないだろうか。ユラユラ、モクモクと動く煙を見ているうちに、無意識的に心が解放されていくんやね。僕は実際に験《ため》したことがあるんだ。暗闇の中でたばこを吸ってごらんなさい。味も何もしやしない。第一、吸う気にもならない。

心が解放を求めるとき、反対にいえば心が極限状態にあるときほどたばこに手が伸びていくんやね。だから小説家なんて酒とたばこと妄想の日々よ。

僕も森鷗外と同じ。たばこだけは贅沢しようと思うてる。

たばこ＝肺がん説からいうなら、とっくに死んでいなければならないくらい吸い続けてきたけれど、これからもだれが何といおうと、断固としてたばこを吸い続ける。

女房と灰皿を残して死ぬ、これが小説家の運命なんやね。

死を直前にしたベトナム兵に、無意識にたばこを差し出していた

一九六五年（昭和四十年）。僕はベトナムの戦場にいた。深夜。真暗闇。そんな中でも敵は到るところで目を光らせている。ちょっとでも音を立てたら弾が飛んでくる。そんな中で、僕はそおうっと音を立てないようにたばこの箱を取り出し、そおうっとたばこを一本取り出し、大きく息をつくと、次にジッポのライターをそろそろと、静かに、注意深く取り出し、音を殺しながら指先でふたを開け、最小の音で点火し、たばこを吸いつけた。

目の前に、傷ついたベトナム兵が倒れていたんだ。ジャングルの中では、弾はまず木に当たって変則回転となるから、弾が横になって体を貫いていく。内臓など骨のないところに当たると、傷口はおどろくほど大きくなるんだ。ところがベトナムの兵士というのは、それでもうめきもわめきも泣きもせず、傷口をおさえてじっと僕のほうを見ているのね。ようやく吸いつけたたばこを差し出してやったんだが、もうそのときはいけなかった。目が白く乾いて、死んでしまっていた。

瀕死の兵士に、水でもなく、食べものでもなくなぜたばこを一服、と思ったのか、

僕は今でも分からない。たばこのみの共通の心理だったんだろうか。こんな極限状態で無意識的に選ぶものはたばこなんやね。

たばこって、つまりはそういうものなんだ。

ビジネスの紙巻、書斎のパイプ

外国へ行くとまず最初に買うのが紙巻たばこ。シガリロ、葉巻、パイプ、嗅ぎたばこ、かみたばこ。ずい分いろいろやってきたけど、最近は紙巻とパイプの二つに落着いてきた。

紙巻とパイプの最大の違いは、紙巻たばこはビジネス社会のもの。パイプは自分だけの時間の、夜、書斎での時間のためのものだ、ということやろね。

パイプを上手に吸うのはあれでなかなか修業がいる。パイプ歴と人生歴の両方が必要ということなんだ。

吸い終わってトンと叩いたとき、一度に灰がポロッと出ると、何か大きな事業を成し遂げたみたいな満足感があって、これが何ともいえない。

パイプをくゆらせながら沈思の世界に自分を追い込んでいく時間は、男の世界そのものといえるんじゃないだろうか。

たばこもいろいろ吸ってみると、お米のご飯みたいに普段吸うたばこと、たまに吸いたいビフテキみたいなご馳走のたばこがあるね。めったに吸わないし、しょっちゅう吸いたいわけではないけど、吸うことが楽しみなたばこを発見しておくこと、これが大事。

たばこでゲンをかつぐこともありますよ。大物が釣れると、そのとき吸っていた銘柄でしばらくは通すことにしているんだ。釣糸を垂れ、ヒットを待つ間はいくらたばこを吸ってもよろしい。全身全霊を鋭ぎすましていなければならないのだけれど、たばこを吸うくらいの余裕はなければダメ。悠々として、かつ急げ。これが釣師の心境ですからな。

第一、えんえんとねばってもノーフィッシュ、ノーヒット、ノーストライキなんてとき。あれはつらいものですよ。たばこでもなければどうにもならない。

カラッポの頭はたばこを求めない

最近はイヤらしい時代になってきたぜ。ノースモーキング運動とかいって、汽車でも飛行機でもスモーキングシートをさがすのがひと苦労になってきてるでしょう。たばこ追放は魔女狩りである。これが僕の説。たばこは健康に悪いという。しかしや、他の食べものの中にだってどれだけいらんものが入っているか分かりゃしない。水にだって入っているでしょう。たばこだけに目クジラ立てるのは、まったくおかしいよ。

たばこは要らん、という人はストレスを感じないで生きている人でしょう。ということはものを考えん、感じんということや。

僕は体の健康よりも魂の健康や。

この四十年間、煙にしてしまった金額はちょっとしたものになると思うが惜しくはない。

たばこを吸いながら、人をケムに巻き、自分自身もケムに巻いて死ねたら最高ですよ。

人生は煙とともに、サ。

（インタビュー構成・菅原佳子）

喫煙者の受難

中島らも

去る二月四日に自宅に踏み込まれ、大麻所持違反でパクられてしまった。拘置所の独房で二十二日。酒なし煙草なし、三食きっちりと喰わされたので健康になり、六キロ肥ってしまった。

独房の中でいろんな悪い物が離脱していった。アルコール、コデイン、向精神薬。かなり辛いものがあった。しかし全部抜けてまっさらの身体になった。酒を抜くのはそれほど苦痛ではなかった。飯を食ってしまえばアルコールはそれほど欲しくなくなる。

きつかったのはニコチン切れである。禁酒したことはあるが禁煙したことはかつて一度もなかった。日本で一番強い煙草ロングピースを一日四十本。ほとんどチェーンスモーカーだった。

二十二日間独房にいて、結局最後まで残ったのは煙草への欲望だった。飯の後、トイレの後、たまらなく紫煙が欲しくなる。

保釈になると拘置所の出口にマスコミが二十社ほど待ち構えていたが、おれの口をまずついて出たのは、

「誰か煙草お持ちじゃないですか」

だった。

フライデーの記者がハイライトを一本くれた。

深々と吸い込む。

美味かった。大麻なんかの比ではない。血管にニコチンとタールが雪崩れ込む。生涯で一番美味い一服だった。

吸い出したのは十七、八の頃。大人ぶりたくて吸ったのだが、初めて煙を肺に入れたときには天井がぐるぐる回った。しかしすぐに慣れた。最初のうちは「ルナ」という綺麗な煙草を吸っていたが、どうも物足りなくてハイライトに切り換えた。ピースに換えたのはここ二十年くらいか。この煙草は香りがよくて味わいに奥行きがある。ピースを吸うともう他の煙草は吸えない。マイルドセブンなんかは空気を吸っているようなものだ。

マルボロやラッキーストライクも結構いけるのだが、ピースを吸う口にはやはり弱い。

世の中は嫌煙主義の花盛りで、煙草を吸う者はまるで犯罪者扱いだ。

たしかに身体には良くないだろう。肺ガンになる確率が吸わない人に比べて五倍高い。だからといって禁煙しようとは思わない。煙草を止めたからといって、次の日にトラックにはねられて死なないという保証はどこにもない。それならおれは強い煙草による緩慢な自殺の方を選ぶ。喉頭癌になるのも覚悟の上だ。

そういう後ろめたさが煙草の美味さに拍車をかける。拘置所を出た後、精神病院に入院したのだが、ここでは煙草は勿論吸い放題である。ただ夜の九時以降は吸えない。仕方がないので便所でこっそり吸った。まるで高校生だと苦笑いしながら。

今は自宅で筆をとっているが、朝起きるとまず六本吸う。それで人心地が着く。だから外国に行くのが苦手だ。飛行機の中で十何時間も禁煙を強いられるからだ。時間が許せば船でのんびりと旅したいと思う。

空港の免税店では必ずロングピースを二カートン買うが、旅先で吸いつくしてしまうことが多い。そうなったら仕方がないのでマルボロを吸うが、はなはだ頼り無い。来年はカンボジアへ行く予定にしているが、またピース切れで苦しむことになるだろう。

愛煙家もそれはそれなりに受難の多いものだ。かといって禁煙する気などさらさらない。困ったものだ。

タバコと私

遠藤周作

煙の輪

五歳の時、はじめて煙草をすった。

応接間の卓子の上に煙草の箱があって、そのなかにチェリーが客のために入れてあった。親爺がうまそうにすっていたのを見て、ある日、誰もいない時、その一本をとって火をつけた。のみ方を知らなかったから、おそらく一口、二口、ふかしたのだろう。だがその時親にかくれて悪いことをしていると言う感覚と、煙草の紫色の匂いとが妙に溶けあって、子供心にも甘美な気持を感じたのを今でも憶えている。

中学の時は一年上の従兄が私に喫煙を教えた。二人で屋根にのぼって一方が煙草をすうともう一方が水車のように手でその煙を追いはらい、臭いが家の中の大人たちに気づかれぬよう苦心した。

こうした思い出は男ならば幼年時代、少年時代にだれもが一つ二つは持っているだろう。子供の眼からみると、「煙草をすえる」というのは大人の特権であり、そして大人の喫煙がまた彼等には実にうまそうに見えるのだ。

私が食後、煙草をすっていると、息子が実に羨しそうな顔をしている。かつて子供の時、私もまたそうだったのだ。

「おいしい?」

と彼はたずねる。私はわざとイヤがらせに、

「うまいねえ。君はまだ子供だから煙草をすうわけにはいかないねえ」

と嫌がらせを言ってやる。そして眼をほそめては一服すい、ゆっくりと煙を吐きだしてみせる。うむーと彼はうなずいていた。そしてこの間から母親にねだって、煙草をまねたチョコレートを買ってもらい、それを食後、私の横で口にくわえては、パアーと言いながら煙を吐きだす恰好をしている。

時代がかわっても、子供心とは同じだなと私は思った。そして彼のために煙の輪を幾つかこしらえてやった。むかし親爺が我々子供たちのためにしてくれたように……

私にとって外国を旅する時大きな楽しみの一つはその国の煙草の味を味わうことだ。イギリスに行って、紅茶をのみながらネービイ・カットを吸わなければ楽しさは半減するだろう。フランスに行ってブルー・チーズを食ったあと、その味の残っている舌に大衆煙草ゴロワーズをくわえ、火をつけた時の気分はえも言われぬ。

愛煙家にとって煙草をすうとは、たんに煙草をすうことではない。それは煙草をくわえる。掌のなかのライターの感触を手に味わう。それからゆっくりと最初の紫煙を吐きだす——という三つの行為が三位一体となる時であって、この三行為の一つでもその雰囲気をそこねてはならぬ。だから愛煙家は煙草だけではなくパイプやライターの手ざわりを重要視するのだ。

しかし思えばこれは妙な楽しみだ。チボーデというフランスの文学者がそのエッセイのなかで、古代ギリシャ人が知らず、今日の我々が知っている楽しみは煙草だと書いていたが——なるほど、そう言われれば、煙草はそれが無くても生きることに差し支えないが、やはりなければぼくらは困る、と言う楽しみである。つまり生きる上の余裕なのである。ゆとりなのである。合理的な人の眼からみれば、無駄にみえても、その無駄が人間のうえに大切なような楽しみなのである。

そういう無用の用の煙草を随筆にとりあげるのはたのしい。世の中や人間にただ有用だけの話を書くなら随筆などいらぬ。随筆もまた文字通り、煙草と同様、書かなくてもいいが、書きたくなる文章のことを言うからだ。

だから私は煙草を扱う専売公社の役人も他の役人とちがって無駄のたのしさを知っている人だと思う。一言一句をコチコチになって気にするような人が煙草を扱うはずはないからだ。また煙草を愛する人も無用の用をこの上なく愛する人たちだから、きっと随筆の味がよくわかるのだろうと思う。随筆というのは煙草と同じように道徳教育とは関係ないが、人生の味に関係があるからだ。

煙草の銀紙

中学時代から今に至るまで使っている漢和字典がある。その中に一枚の銀紙がはさんである。その銀紙は三十年間、この漢和字典のなかにはいっていたのである。

むかしの日本の煙草は箱をあけると銀紙が煙草をつつんでいた。大人が新しい煙草をもらうと子供たちは、その銀紙を懸命にせがんだものである。

銀紙をまるめて、せっせと球をつくっていくうち、それはやがて固いスズの玉となる。一年ほどするとかなりの重さになったものだが、これは随分、根気がいった。私の場合は銀紙を本の頁と頁との間にはさんで、それを一生懸命、こすったものである。懸命にこすると、銀紙の皺はなくなって、まるで鏡のように光りはじめる。そっと指でもちあげると、乾いた金属的な音がして、子供心にそれは妙に神秘的にきこえたものだ。

漢和字典のなかに三十年間、はさんだその銀紙は小学校から中学に入った時、この字引を始めて買ってもらった頃、頁のあいだでこすったものである。その時、自分がどんな部屋でどんな恰好をしていたかも――ふしぎなことだが今でもはっきり心に甦る。

銀紙を沢山あつめて、それを炭火の上で溶かした思い出もある。銀紙はたちまち水銀となって溶け流れる。それが面白くてならなかった。煙草の箱を大人からもらってコレクションもやった。

むかしの子供は今とちがい遊ぶものの数が少なかったから、煙草の箱一つでも色々と遊んだのだろう。

一日のうちで一番……

一日のうちで一番、煙草のうまい時はいつか。

誰でもそうだろうが、私の場合も夕方、予定の仕事を終えて、原稿用紙をしまったあと、ほっとした気持で一服、吸いつけた時がうまい。

特に一年なり何ヶ月もかかった連載や長篇が次第に終結にみちびかれ、最終章の最終行をやっと書きおえた時——しいんと寝しずまった家か仕事場で——一本を口にくわえ、さまざまな感慨をこめながら火をつける時の気持はいいようがない。特にその作品が苦労したものであればあるほど、その煙草の味はまた格別である。

一日のうちで一番、煙草のまずい時はいつか。

それはいくら机にむかっても筆はすすまず、自分で書いていることに手ごたえがなく原稿用紙を破り棄てながら吸う煙草である。なんとか思念を統一しようと思うのだが、スランプの日はどうもがいても駄目なことは経験を重ねるうち、次第にわかってきた。そんな日は灰皿に、自分のいらだった感情がそのまま現われているような、ねじり消した煙草の残骸が山をなしているものだ。

一日のうちで、煙草を一番すう時はいつか。

他の人はいざ知らず、私の場合は来客と話している時が一番多い。

その数の多少も客との対話の性格によってちがうようである。話の合わぬ客、反応のない無口な客、あまり会いたくなかった客の時は灰皿の吸いがらの数が多いのは、無理をして話題をさがす間一本、一本と煙草を吸ったためであろう。あるいは沈黙の時間を煙草をくゆらすことによって誤魔化したためであろう。

一日のうちで一番、煙草を我慢するのはいつか。

私の場合、それは朝、眼をさました時である。洗面をして朝食をとるまでは喫煙しないことにしているためだが、寝起きの一服がどんなにうまいかも、実は知っているからだ。

クリスチャンと煙草

クリスチャンは酒ものめず煙草もすってはいけぬという大きな誤解が日本人にあるらしく、私がスパスパ、紙巻をすい、酒をのんでいると、

「おや、君はそんなことをしていいのかね」

真顔で知人に聞かれることがある。聞かれるというより、とがめられるのである。

冗談じゃない。カトリックはそんな固くるしい宗教ではない。神父のなかでも大の愛煙家は多い。酒が何よりも好きという司祭もいる。外人の老神父にはたえずパイプを口から離さぬ人も何人か知っている。

カトリックのほうはこのように酒であれ煙草であれ平気のヘイザであるが、プロテスタントのほうはきびしいらしい。もっとも私の友人にはプロテスタントで、大酒飲

みもいるが……。

　私がプロテスタントの座談会などによばれて閉口するのは、煙草がのめないからである。五年ほど前の夏、ある山の中でプロテスタントの夏季大学があり、そこに招かれたことがあったが、同じ部屋の二人の先生たちは謹厳そのもの、一滴の酒も晩飯の時に召上らず、一本のシガレットも口にされぬ。年下の私は一時間ぐらいすると頭が痛くなり、たまりかねてその近くにあるSという先輩の家に駆けていった。

「どうした」

「酒をのまして下さい。それから煙草をすわせて下さい」

　事情を話し、先輩の家で煙草を思う存分すわせてもらい、何くわぬ顔をして、旅館に戻って二人の先生と同じような謹厳な顔をしていたが、その時は、自分が偽善者だとつくづく思ったものである。

　クリスチャンでもカトリックは酒も煙草も自由であることを多くの日本人に知って頂きたい。そして私がスパスパと煙草をすっていても、

「そんなことして良いのか」

と、とがめるような眼つきをしないでもらいたい。

私とタバコ

高峰秀子

ホンモノ

私がはじめて「女の一生もの」を演じたのは二十二歳のときだった。純真な乙女の身にふりかかる幾星霜にわたる波乱万丈のものがたり、というお定まりのストーリーで、脚本にはタバコを吸う場面が二カ所あった。けれど、私はそれまで一度もタバコを吸ったことがない。タバコというものは吸うマネだけでは絶対にゴマ化しがつかないものである。

映画演技は「もっとも本当らしいウソ」だが、本当らしくみせるためにはやはり本当に近づかなければ観客の眼をゴマ化すことはできない。

私は、タバコにあたって目をまわしたときの用心に、座布団を山積みにして背中をもたせかけ、煙にむせかえり、涙を流しながらタバコを吸う練習をした。誰にも心あたりがあるように、素人（？）がタバコを吸うとやたらと自分の指先きにあるタバコを意識してしまうのである。私は目玉をグルグル動かして煙の行方を追っている自分に気がつくと「マダマダ」と、自分を叱りつけて宙に目を据えた。

特訓の甲斐あってか、映画の場面ではなんとかボロを出さずにタバコをふかすことができたけれど、アッと気がついたときにはすっかりタバコのトリコになっていたらしい。

以来、私は一日としてタバコを手離したことがなく、現在では日に五、六十本のタバコをせっせと煙にする作業でほかのことをするヒマもないほどいそがしい。仕事がいそがしければいそがしいほどタバコの本数も増えるようで、その内に私は煙にいぶされてクンセイ女になってしまうかもしれない。

商売の演技のほうは四十余年かかってもまだホンモノにはなれないけれど、私とタバコのつきあいばかりは、どうやらホンモノになった、と、煙草臭いタメ息を吐いている。

マッチのラベル

今から十年ほど前、中国の北京を訪ねた時、ホテルのボーイに心づけを上げたことがある。心のこもったサーヴィスに対して、感謝のしるしにチップか品物を贈るのは世の常識、特に珍しいことではない、と笑われるかもしれないが、それがなかなか難しかった。かの地では、ホテルのボーイも各自、人民ナントカカントカという肩書きの持ち主だ。私の係りのボーイは「私は遠来の客のために誠意を尽したにすぎない。当然の奉仕に対して個人的な謝礼を受けるのは心外である」と言い張った。そっちがその気ならこっちだって一旦出した品物をイジでもひっこめられるものか……長い押し問答の末、彼は「では、ボーイ一同で会議を開く」と言って立去った。やがて彼は二人の仲間と一緒に現われた。

「このホテルのボーイ十七名全員に平等に頂けるならありがたく好意を受けましょう。けれどもそれでは貴女の負担があまりにも大きすぎます。私たちは貴女の気持ちだけを嬉しく頂きましょう」彼らの表情は柔らかかった。私は十七人に「記念品」と書いた小さな包みを進呈した。

記念品さわぎが納まったころ、迎えの車が来た。スーツケースを手に部屋を出た私の眼の前に、係りのボーイが立っていた。彼の差し出した掌に、いろいろな図案のマッチラベルが五、六枚乗っていた。マッチ一個でもおいそれと手に入らない当時の中国で、彼が折角集めたマッチのラベルを「記念《チーネン》」に呉れるというのである。私は素直に彼の好意を受けることにした。「ホントはね、個人的な好意はお受けできないんだけど」と、私は言いたかったが、既に玄関に降りたのか通訳さんの姿はなかった。
ところ変れば品変るというけれど、人間の心のニュアンスは万国共通のようである。

口　実

三つ子の魂なんとやら、というけれど、幼ないころ大型料理用マッチをいたずらして大火傷をして以来、私はいまだにマッチをするのが恐い。タバコに火をつけるには、ライターが便利とかマッチが美味いとか炭火が最高とか、いろいろいうけれど、私は専らライターのお世話になっている。愛煙家にとって、ライター、シガレットケースなどの喫煙具は格好のアクセサリーでもある。二十歳の頃はじめて買ったライターは銀製のダンヒルで、その高価なことに目をムイタ思い出がある。が、高くても良い物は良いのだからしかたがない。私はそれ以来、私自身のなにかの記念に、例えば苦労の多い映画が完成したときとか演技賞を受けたときとかに高価なケースやライターを一個フンパツすることにした。自分自身への特別ボーナスというところだろうか。はじめは銀色にのみ心を奪われていたが、最近はトシのせいか金色にも手をのばしはじめ、その他の色やデザインも高くなったので経済的にもなかなか忙しくなった。

喫煙具を集めはじめて三十余年……私の鏡台のひき出しには半分こわれたライター

やら口がバカになったシガレットケースやらが溜りに溜って収拾がつかなくなった。整理魔の私はこれらを一斉に処分したくてウズウズしているが、考えてみるとどの一つにもそれぞれに思い出があるのでふんぎりがつかない。いっそタバコを吸うのをやめてしまえばスッキリするか、とも考えるけれど、それでは現役の喫煙具諸氏が職を失うことになって可哀想である、というわけで、私はタバコをやめることができない。つまり私は「口実というものは、どのようにもつけられるものである」ということを言いたかったようである。

スイスの税関吏

私がはじめてパリへ行ったのは、いまから二昔もっと以前だった。現在のパリには約二千人の日本人が常住しているけれど、当時のパリには画家の荻須高徳さん、彫刻家の高田博厚さんなど、日本人はたった六人しか住んでいなかった。忙しい女優生活から逃げ出した私はしぼんだ風船のようにフラリフラリとパリの街をさまよっていた。そろそろ財布が底をつき、日本へ帰る日が近づいて、私は友人のマドモワゼルと二人でスイスへ小旅行に出た。ジュネーヴ駅の売店には世界中のタバコを売っていた。大きな壁面一杯に各国のタバコが並んだサマはまさに壮観である。

なるべく軽く、なるべく安価な日本へのお土産えらびに悩んでいた私は思わずニンマリした。旅行者一人の紙巻きタバコの制限は二百本。私たちはこっそり四十個のタバコを買ってコートの下にしのばした。税関の前でスーツケースを開けたとたんに「タバコは?」と質問されて、友人は大声で「メイ、ノン!」と叫んだ。ビックリした私のコートのすそからバラバラとタバコが転げ落ち、それを見て驚いた友人のコートのすそからもパラパラッとタバコが落ちて、四十個のタバコが床の上に散乱した。真赤になってタバコを拾い集めている私たちを見た税関吏たちは顔を見合せて笑い出した。一人のデブの税関吏が一緒になってタバコを拾ってくれながら言った。「オヤオヤ、一個づつ違ってキレイだね、早く行かないと汽車に乗り遅れるよ、東洋のお嬢さん」。

東洋人はとかく齢よりも若く見られるらしい。当時二十五歳だった私も、さしづめキレイなオモチャかチョコレートでも買った娘ッ子にみられたのかもしれない。

それにしてもシャレた税関吏だった。

けむりの行衛

檀一雄

諸家の喫煙

諸家の喫煙などと書いてしまったが、私の身近かな師友の、煙草の飲みっぷりを、思いだすままに、書いてみようかと考えただけだ。

佐藤春夫先生は、敗戦後は、ほとんどペルメルを吸って居られたように思う。ペルメルのロングサイズを、ダンヒルのホルダーにさしこみながら、

「では、敗戦国の貢物をでも吸ってやろうか……」

などと、笑って、可笑しそうに、吸っておられたことを覚えている。

その昔は、朝日を火鉢の灰の中に林立散乱させていたように記憶する。

太宰治は、戦前でも、戦後でも、ちょっと気晴らしをしたいと言った時に、よくキャメルを吸った。

キャメルを抜き取って、気ぜわしく、パッパッとけぶすのである。いつだったかは、キャメルではなく、カメリヤと言ったか、煙草の先端が袋になってふさがれている粗悪な（？）煙草、クスクス笑いながら、吸いかけては、灰皿にひねりつぶすように、揉みつけていたことをおぼえている。

どうせ、煙草なんて、吸うもんじゃないんだよ。こうやって、手持無沙汰を、まぎらしてりゃ、いいもんさ！　とでも言いたげなまことにゾンザイな吸いざまであった。

私はと言えば、フィルターのついていない煙草だったら、何だって吸う。フィルターがついていると、原稿を書いている時、……酒を飲んでいる時……、きっと逆様に吸ってしまっているんだから不思議である。

やがて、妙な異臭に気がつき、怒り心頭に発するけれども、もう遅い。

煙草と兵隊

その昔の軍隊というものは面白いもので、自分達の集団とか、慣用語を、何かこう、勿体のついた、御光でも射し出るような集団だとか、言葉だとかに思いこんでしまっているフシがあった。

例えば「メンセンバ」というから何だろうと思ってみると、洗面所のことだ。まごついて「センメンジョ」とでも言おうものなら、「メンセンバで尻を洗い直して来い」などと古兵から怒鳴りつけられたものだ。

また、例えば、煙草の灰や吸殻を棄てる容器を、「灰皿」などと呼ぼうものなら、ドッと哄笑が湧いて、怒鳴りつけられる。煙草の灰や吸い差しを棄てるものは「吸殻入」であって、金輪際、「灰皿」などではないものらしかった。

兵隊の煙草は「ホマレ」という専用煙草があって、その味わいや、手ざわりは、今でも覚えているが、サラリとしてオツな煙草であった。

なぜ、「ホマレ」に関してだけ、その手ざわりを、重大におぼえこんでしまっているかというと、勿論、闇夜の行軍中、ポケットの中からさぐり取り、これに点火し、その煙草の火の光を、周囲の闇の中に洩らさないように、指先で蔽っていたせいもある。

しかし、初年兵の時に、「ホマレ」は貰っても、それを吸う時間が無く、吸う場所がなく、便所の暗闇にかがみこんで、手ざわりをたしかめながら、吸ったせいだろう。初年兵が大っぴらに「ホマレ」など吸っていたら、古兵から、ドヤシつけられるのである。

そこで、深夜、厠にかくれて、そのくらがりの中にかがみこみ、手ざわりで「ホマレ」をつかみとり、吸っていたからだろう。

余りの仕合わせ

中国の、たしか零陵の近所をうろついていた時のことだと思う。もちろん、戦争中の話である。私は従軍作家であり、二、三人の兵隊達と連れ立って、その部落にたどりついた。

二、三人と言ったたって、点と線としか確保されていないような敵地の公路の中を、その二、三人で前進してゆくことほどきわどく、心細い旅はない。四六時中、なんだか、こう、絶えず敵の眼と銃口から、つけ狙われているような脅えがある。

その十戸ばかりの部落はまったく荒廃していた。たった一軒だけ、まだ屋根がかぶさっているマシな家を見付けたから、私達は鬼の首をでも取ったような喜びようで、内部に入っていってみると、何の枯葉か、堆《うずたか》く積み上げられてあった。その丁寧に積み上げられた枯葉の頂きが、まるで恰好なベッドである。

私達は大安堵で、そのベッドの上に這い上ったが、誰かが、その葉をつまんで、手揉みして、嗅ぎ入っているうちに、

「こりゃ、煙草だゾ」

狂喜の声をあげた。こころみにクルクルと手巻きにして点火して、吸ってみると、

絶えて喉元を通したことのないようなタバコの甘い媚びがある。

「バカ。毒が混入してあるぞ！」

と一人の下士がバネのようにはねあがり、みんなの手持の煙草をはたき落した。

悪いことに、この時一発の銃声が湧いた。私達の、逆上と、恐怖と言ったらない。その煙草の積み上げられた家ぐるみに放火して、アカアカと燃える家から離脱していったのだが、毒も、敵も、みんな妄想で、余りの仕合わせを、自分で疑りたくなっただけだろう。

流れついた煙草

戦争中というものは、今ではまったく想像も出来ないような、バカげた突飛な、不思議な、ことが起るものだ。

これも、その話の一つである。当時、私は玄海島近い糸島の岬のあたりに住んでいた。

すると、村中ヒソヒソと囁き交わされる噂があって、よく聞いてみると、どうやら、岬の突端のあたり、大量の煙草が流れついた、ということらしい。これを表沙汰にしたら、何彼とうるさいばかりだから、部落で内密に処分してしまおうではないか、ということらしかった。

　私はうわずって、その岬の汀まで走っていってみたが、もう全部ひきあげられてしまって、部落の山の中に運搬を終ったらしい。

　どうやら、玄海の沖合で、輸送船が敵の魚雷攻撃を受けて沈没したようだ。その輸送船上に積み上げられていた南海産のタバコの原葉が、梱包のままか、或は荒くびりのまま、汀に、打上げられたものだろう。

　私もまた、部落の、特別配給に預かって、タバコひでりの折から、いたく満悦したものだが、何しろ、したたかに潮を浴びている。

　その潮気を山の湧き水の洗い場で、そっとすすぎ洗うわけだ。何十枚かずつ、一くびりにし、湧き水の中に浮べ、その葉をこわさないように、ていねいに、すすぎ洗うのだが、まったく胸のときめくような、秘密で甘美な期待と興奮が感じられたものである。

　さて、そのタバコを蔭干しにし、甘草の汁を吹きかけたがよいだとか、いや、メシのトギ汁が一番だとか、部落の人々の言葉に聞き入りながら、刻むひと時……。あれが、敗戦の日の、たった一つの喜びであった。

煙草

松浦寿輝

世の中には煙草を吸う人がおり、吸わぬ人がいる。そこはかとない憐れみと軽蔑をお互い相手に対して抱きつつ、しかし礼儀上それを表に出さないようにして、両者はだいたい平和に共存しているようだ。

わたしは若い頃からずっと「煙草を吸わぬ人」であり、そうである自分にしごく満足していたのである。蓮實重彥先生など、ひっきりなしにぷかぷか吹かしておられて、「松浦さんは吸わないの」とお尋ねになる。「いや、僕は煙草は老年の愉しみにとってあるんです」などと適当にはぐらかしながら、実は、こんな臭い煙を好んで肺に入れる人の気が知れないと思っていたのだった。あんなものに依存しないと生きていけない連中は気の毒だなあ、という軽い優越感も湧かないわけではない。

ところが、どういう成り行きか、わたしは二年ほど前に、突然スモーカーになってしまったのである。

そもそもの始まりは、たぶん小説というものを書き出したことだった。途中で行き詰まっては深夜の書斎で机に突っ伏し、頭を掻きむしっているうちに、そうだ、煙草というものが世の中にあって、今までの人生では自分と無縁だったが、ひょっとしたらあの謎の物体はこういう時のために存在するものなのかもしれないと思いついたのだ。

実際、ある程度吸い慣れて、中毒状態になると（そう、認めよう、喫煙者とは一種の中毒患者にほかならない）、ニコチンを軀に入れたとたんにすうっと緊張が手足の先まで緩んで、頭が空白になり、そのうちにふと新しい思いつきが浮かんだりする。口惜しいことに、煙草というのはなかなか良いものだったのだ。

以来、怪しげな手つきで煙草を指に挟んでは、家族や同僚から「不良中学生みたい」とからかわれつつ、あのおぞましい煙を吸引する身の上になってしまった。当初はおぼつかなかった手つきも、二年経って多少はさまになってきたはずだ（そんなことを自慢するのも馬鹿ですね）。四十代半ばになって突然煙草を吸いはじめるというのも、珍しいことではあろう。今までの自分の言動に照らして言えば、一挙に老年が来てしまったような体たらくである。

むろん、あんなもの、吸わないに越したことはない。わたしの喫煙など、軽いやつを一日十本程度のものだけれど、それでも心臓にも脳にも悪いに違いなく、確実に寿命を縮めているはずだし、周囲の人々の迷惑にもなっている。にもかかわらず、なお吸わずにいられない煙草の魅力とは、それでは何か。

わたしにとって煙草とは、日常の時間に「空白」を作り出してくれる仕掛けなのである。一本の煙草に火をつけて、それを吸い終えるまでの五分か十分の間、わたしは目先の仕事をすべて放り出し、純粋状態の「ポーズ」に身を委ねる権利を手にすることになる。どんなに焦っても駄目なものは駄目だ、一度全部リセットして最初から考え直そうという気分になったとき、ふと煙草に手を伸ばす。五分か十分、日常の時間の外に出て、頭を空っぽにしてみるのだ。それからまた日常の中に戻ってくると、今まで見えなかったことが不意に見えるようになっているのに気づいて驚いたりする。

もうしばらくの間は喫煙の習慣を愉しんでみたい。老後は老後で、また新しい別の快楽を発見することにしよう。

「文士と酒、煙草」

夏目漱石

私は上戸党の方ぢやあ有りません。一杯飲んでも真赤になる位ですから、到底酒の御交際《おつき》は出来ません。大抵の宴会にも出ない方です。酒を飲んで、気分の変る人は、何だか険難に思はれて仕様がない。何日か倫敦に居る時分、浅井さんと一処に、とある料理屋で、たつたビール一杯丈飲んだのですが、大変真赤になつて、顔がほてつて街中を歩くことが出来ず、随分、困りました。日本では、酒を飲んで真赤になると、景気がつくとか、上機嫌だとか言ひますが、西洋では、全く鼻摘みですからね。烟草は好きです。病中でもやめられません。朝早く眼醒めた時にも、食後にも喫みます。成るべくシガーがいゝのですが、安くないので、大抵は敷島などを吹かしてゐるのです。日に二箱位は大丈夫でせう。一体、西洋では日本人のやうに不規則に所嫌はず煙草を喫まないやうです。勿論、エリザベス時代には、物好きな人があつて、寝る時に床の近くへ煙草の道具を持つて這入つて、すぱ〳〵やつたさうですが、之も例外の方です。今は左様なことはしない。大抵、食後にやるのです。

煙草の人たち

久世光彦

ちょっと胃の具合がおかしかったのと、毎年やっている諸検査を、ことしはまだやっていないのを思い出して、三日ほど都内の病院に入院した。胃や腸を調べるためには、お腹を空《から》にする必要があるので、まる二日間、点滴だけで過ごしたが、それほど辛くはなかった。これが十年前だったら、一晩で脱走していたに違いない。食べても食べなくても、そう変わらないということは、何だか空《むな》しい。しても、しなくても、どうということもないし、これがみんな年齢《とし》のせいなら、やがてやってくる《時刻》も、たぶん納得ずくで迎えられそうである。

このごろは、びっくりするような新しい人に出会うことは少なくなったが、自分の中のいままで知らなかった気持ちに出くわして、驚くことがよくある。ようやく、他人ではなく、自分のことが気になりはじめたということだろうか。遅すぎたようにも思うが、そんなものに思わず目を止めてしまったのを、悔やむ思いも片やある。——そして、漱石を読むと、そんなことが全部書いてある。しかも、全部書いてしまって漱石は四十九歳だった。馬鹿らしくなった。

空腹は何とか誤魔化せても、病室で煙草が吸えないのは、大げさではなく塗炭の苦しみである。三階から一階の中庭まで降りて、オープンの喫煙コーナーで立てつづけに四、五本吸って、ようやく一息つく。気候がいま少し良ければ、ここにベッドを運んできたい。私は市川崑《いちかわこん》先生ほどではないが、この四十年来、日にショートピースを五十本吸っている。非常識は承知しているが、こればかりは問答無用の、私の聖地《サンクチュアリ》である。ところが、上には上があるもので、病院の喫煙コーナーに集まるレギュラーのスモーカーたちは、みんな私より年上なのに、たぶん煙草の量は私の倍である。しかも、大らかに吸い、幸福そうに吐く。どの人を見ても、これが不健康なこととは夢にも思えないのだ。私はすぐに仲良くなった。八十歳で、一日八十本のお婆さんがいる。品よく痩せていて、いまの季節でいうなら、野菊のようである。彼女を囲んで入道みたいな大男が二人いる。体格に応じて肺活量も凄いらしく、ほんの三服で煙草一本がなくなる。——誰も家族の話はしない。人生の話なんか、もちろんしない。するのは幸福な煙草の話だけである。私は、六十年昔の《トントントンカラリと隣組》以来の、《連帯》を感じた。

死ぬまで——それも、なるべく長いこと、煙草を吸いつづけて生きようと思った。

仕事終わりに髪からたばこの香りが鼻をかすめるこの人生も気に入っている

ヒコロヒー

ベッド脇でレモンとウッディの香りが特徴的なアロマオイルをたいて深呼吸をする。もしくは早起きして窓辺で朝の光を浴びながら瞑想をする。仕事終わりにジムに行って汗を流す。休日は友人とちょっと良いホテルでちょっと良い値段のランチを嗜《たしな》む。素敵な写真が撮れたらすぐにインスタグラムへ移動する。表参道にあるお気に入りのショップで来シーズンの洋服を一枚買う。帰りにイタリアンバルでグラスワインの一杯でも飲む。それらが私のリラクゼーションである、と、胸を張って言える女に生まれていれば、この人生は随分と違ったものだったのだろうと考える。

リラックスというものを心身共に緊張から解放して安心状態へ招くものと定義すれば、私にとってのそれは仕事の合間の、もしくは終わりの、あるいは朝起きた瞬間の、否、どの瞬間だって構わない、どんな時でも、たった一本のたばこである。平成生まれの愛煙家とは何やら訝《いぶか》しい生き物なのかもしれないが、今この瞬間さえ、私はたばこを片手に持っているのである。

この人生で一番最初にたばこを吸ってみようかと好奇心が震えた瞬間のことを今でも覚えている。もちろん二十歳を超えた頃である。二歳上のみほさんという女性が、ある日突然セブンスターを吸い出していたのだった。

みほさんは栗色のロングヘアで、カラオケに行くと必ず安室奈美恵の「Chase the Chance」をどういうわけか右腕を直角に曲げた状態で髪を振り乱しながら歌い踊るのでおなじみの女性だった。彼女の恋人はけんとさんという、みほさんより更に三歳年上の、癖毛でいつも前髪がくるんとしていて平野レミの前髪みたいになっていた男性だった。けんとさんは自分の自転車のおしりに「天地無用」という荷造りの際にしか見かけないシールを堂々と貼っていた。

みほさんがけんとさんと恋人になったことは風の噂で聞いていたが、みほさんがたばこを吸っている姿を見た瞬間、何も知識がなかった私が気付いた唯一のことは「みほさんがけんとさんが吸ってるたばこを吸っている」というものだった。急に吸い出したくせにもう何年も前からセッタ（セブンスターの愛称）と苦楽を共にしてきました、みたいな顔をしながら、みほさんは当然のようにたばこを吸っていた。

「みほさんたばこ吸い始めたんですか」と、多分あまりにもみほさんが明らかに急に吸い出したくせにもう何年も前から吸っていましたみたいな顔をしすぎていたため、私の後輩が異議申し立てを兼ねてやや意地悪なニュアンスを含ませながらそう尋ねた。

私は野暮な質問をしてやるなよと思いながらも、それでもみほさんが何と返答するのか知りたかった。男に影響されたと言うのはきっとみほさんは恥ずかしいのだろうか、今日から吸い始めたと言うのも白状するようで恥ずかしいだろうな、恥ずかしさが沢山あるかもしれないがみほさんはそれをどう捻《ひね》り倒してくれるのだろうかと、ほとんどただの好奇心でどきどきした。

後輩にそう尋ねられたみほさんは一瞬、ん？　という表情になってから、間髪容れず「けんとが吸ってるから」と言った。あの間髪の容れなさは凄かった。私は今でも「かんはつ」と聞くとあの瞬間のみほさんが思い出される程、間髪といえばみほさんになってしまう程、そこには一ミクロンの間もなかった。

そして私はその光景に、雷に打たれたような衝撃を受けた。きっとみほさんは恥ずかしいだろうななどと考えた自分がお門違いだったことに気付かされたのである。みほさんは誰の目から見てもけんとさんに影響されてセッタを吸い出していたのは明らかで、それも急に吸い出しているのに生まれた時から吸ってましたみたいな顔までして、さらに後輩に意地悪にそこを突かれてしまうという状況にまでなったのに、みほさんは、何ひとつ恥ずかしそうでなく、むしろ誇らしいかのように自信ありげにそう答えたのである。

私なら自転車のおしりに「天地無用」というシールを貼っているとんちんかんな男

に影響されて今日からたばこを吸い出したなどと口が裂けても言えないと思ったと同時に、それをさらりと何も気にせず言ってのけたみほさんを心から尊敬し、眩《まぶ》しさを感じ、何も恥ずべきでないことを勝手に作り出して勝手に恥じるのはやめようと決意したものである。

そんなみほさんを見て「たばこを吸うってかっこいいな」と私は短絡的に思い立ち、私もたばこを吸うようになった。最初は何だってそんなものであろうが、私が幸運だったと今でも思えることは、みほさんもけんとさんもたばこの吸い方が異常に美しかったことである。彼らはかろやかに、まろやかに、しかめ面などせず、たばこを挟んだ指先をまるでニキビができた箇所を触るように繊細に唇まで持っていき、たばこを咥《くわ》えれば静かに穏やかに、すうっ、と、煙を吸い込み、それから、ふうっ、と、誰の邪魔にもならないよう丁寧に煙を吐き出していた。

私は今でもよく麻雀を共にした周囲の人間から「ヒコロヒーはとにかく麻雀してる時のたばこの吸い方が綺麗だ」というふうにお褒めにあずかることがある。これは私のたったひとつの長所であり、アルバイトの履歴書の長所欄にもいつも「たばこの吸い方が綺麗だとよく言われます」と長い間書いてきたものである。それもこれもどれもあれも、みほさんとけんとさんの見よう見まねをしていたおかげなのである。最初に出会ったたばこ人が彼らでなければ、今の私は存在し得なかっただろうということまで考えられる。

そんなたばことの強烈な出会いを経て、あの時のみほさんよろしく、それからというもの私はずっとたばこと苦楽を共にしてきたつもりでいる。楽しい時も悲しい時もつらい時も嬉しい時も、常にたばこはそこにい続けているのである。そして特にああよかったな、あなたがいて……と花*花ばりに思うのは仕事にまつわる瞬間である。端から見れば特殊な世界だと思われている私たちの仕事かもしれないが、実はそんなに世間様の仕事ぶりと変わらないのではないかと感じることがある。仕事のための準備を徹底し、気合を入れ、仕事を全うし、終わればほっとする。今日は良かったと自身に花丸の判子をついてやれる時もあれば、まだまだ頑張らねばと奮起するふりをしてふて腐れたくなるような時もある。どちらにせよ、目まぐるしく、途方もなく押し寄せてくる次の瞬間というものへ向けて切り替え続けなければならない日々であり、こんなことは仕事に熱意を持って働くこの社会の人たちと大きな差異はないのではないかと思っている。

そんな日々の中で、気を休めたくなる瞬間に向かうのは喫煙所である。少しくらい離れていようが誰もいない喫煙所を探し出し、ひとりきりで一本のたばこの先に火を点け、ちりちりと燃えていく紙と葉の香り、そして燻《くすぶ》ってくる煙を眺めていると肩のあたりから全身の力がすとんと抜けていくのがよくわかる。それから徐々に訪れるのは無音の内省の時間で、先程の出来事について自分の中で落とし込み、考え、あるいはもう考えないという考えに行き着いたりしながら煙を何度か吸ったり吐いたりしているうちに思考は次に控えているであろう何らかの出来事へと移行していく。さっきまで整えられていた丸い細長のたばこの先は燃やされ続けたせいで不細工に短くなり、灰皿へ押しつける頃には一寸前の出来事がリセットされたような、そうして一寸先に向かう準備が完了したような、そんな人生の狭間のような瞬間をいつもたばこが共にしてくれている気がしている。

誰もいない喫煙所が恋しくなる時もあれば、誰かがいる喫煙所に心から安心する時もある。

仕事が終わった直後、スタジオを出て真っ先に喫煙所に向かい、達成感や疲労感が入り混じった状態でうなだれるようにドアを開けた瞬間、知っている顔がいればふと、ああ、疲れましたねえ、と、つい本音を吐き出してしまう瞬間が往々にしてある。そんな他愛無い一言を皮切りにして、互いに心情をこぼしあい、どうでもいいようなシャレを言ってどうでもいいように笑えば、大抵のことは煙と共に換気扇がどうにでもしてくれるようなおおらかな気分になっていく。

あるいは周囲に大勢の人がいる時は近寄り難いような存在の方とも、喫煙所で少人数になると途端にすらすらと会話ができてしまうこともあり、これは本当に幸運で不思議なことである。あの時のあの喫煙所で会話した小話を先輩が本番中に振ってくださってハネたり、または喫煙所でたまたま一緒だったからという理由でご飯に連れて行って頂けたりすることもある。このように何かのきっかけとなった喫煙所での出来事を、私はラッキースモーキングチャンスと勝手に名付けているわけだが、このラッキースモーキングチャンスが人生を大きく左右することになる可能性もゼロではないのだ。もし喫煙所でウォーレン・バフェットとふたりきりになったとして、このチャンスを摑めば私はバフェットと飲みに行けるかもしれないのであり、なぜ喩《たと》えがウォーレン・バフェットなのかは私自身も定かではないが、石油王などという簡単な喩えに怠けなかっただけ褒めて欲しいものである。

アロマオイルをたいてジムに行く女に生まれていたらこんな無愛想な女に仕上がっていなかったかなと思うこともあるけれど、私は仕事終わりに自分の髪からたばこの香りが鼻をかすめるこの人生も気に入っている。きっとこの先の人生も、さまざまな瞬間をたばこの先から筋のように立ちこめていく煙の中で過ごすのだろうと考える。それはきっとドラマチックな瞬間でも、重要な瞬間でもなく、何か大きな出来事の前後、人生を歩んでいく上で必要などこかを整えるための狭間《はざま》の時間を、きっとたばこと私で過ごしていくのだろう。頼りになる存在である。掲載にあたってみほさんに許諾を求めて連絡を取っていた返事がたった今やってきたのだが「けんとやのにKENTを吸っていなかった、って書くんはどう?」と、驚くほど面白くない提案をされていた。最悪に面白くなかった。こんな人に私のたばこ人生を封切られたのかと思うと鼻血が出そうなほど悔しいものが込み上げてくるが、まあそのシャレはちょっと最悪に不採用だとしても、今もここまで書き上げられたのは右手に挟まるこのアメスピのおかげなのだからと、結局は彼女に礼を言いたくなるのである。

ぼくのたばこ

荒川洋治

起承転結

原稿を書くとき、たばこのお世話になる。文章のコーナーごとに。

文章には古くから「起承転結」というものがある。これに沿って書くと、うまくいった場合は、ほめられる。うまくいかなかったときは、その反対。人生の分かれ目である。

さて。「起」は、スタート。ぼくは朝、起きるとき、起きようと思ったら、ぴょんと飛び上がってしまうのである。文章の起床も同じで、目をあければ、はじまってしまっている。あらら。ここでは、たばこはいらない。

「承」は、「起」をうけて、波乱のないように、進むもの。このときは、周囲を見回すように、少し範囲をひろげて、書いていくといい。ちょうど、目があいてから、まわりを見回すみたいに。このとき、人間の神経はこまかくなる。つまり「起」以上の注意力が必要だから、少し、たばこ。

「転」は、これまでとはちがって、思い切り、飛躍する場面だ。まったく関連のないほど遠くのことがらに話をもっていく。こんなことを持ち出して、あとでうまくまとまるか心配。でも元気に、大きく跳ぶのがコツ。ここで強烈に跳ばないと、文章の輪郭がうすぼけるのである。腕のみせどころだが、なにしろ、いまの自分を「越える」のだから緊張。それをほぐすのに、たばこ。期待と不安をかくし、すぱすぱ。

「結」は、着地。これまでの三つのパートを溶け合わせ、全体をまとめる。これがむずかしい。自分の、つまり人間の力ではどうすることもできない。ここでたばこが、にっこり、ほほえみを浮かべながら登場。煙のなかで、美しくとりまとめてくれる。

読書の友

たばこを吸うときは、一本一本それぞれに理由というか、気持ちの状況が、ある。たとえば一人で本を読むときの、たばこにはいくつか「種類」があると思う。まず最初は、主人公の名前をおぼえられない。てこずる。記憶の仕切り直しをするのに、たばこはとても有効。一本で、ずいぶんおぼえられる。

次は、佳境に入ったとき。とてもいいところなのに、ある場面で、ふと顔をあげて、たばこを吸う。いよいよだなというときなので、こちらも呼吸をととのえなくてはならない。こちらあってこその、名作だから。

その熱した世界から少しだけ離れるかっこうをしてみるのだ、たばこで。するとそこに透き間ができるから、感動がさめたり、濡れ場がかわいたりして（？）、ときには、どこまで読んだかわからなくなったりもするのだけれど。でも、美しい「山」が見えたときは、一気にのぼらずに、しばらくその「山」のかたちを味わう。そういうゆとりはたいせつ。佳境が過ぎ、いささか作品がだらけてくるときも、たばこ。作者の気持ちもゆるんでいるのでこちらもゆるむ。この機会に当方も疲れをとる。

さて、終章は、まとめだから作者も表現に拍車をかける。最後の一ページともなると、すぱすぱ。うまく終わってくれよ、感動くださいねと、お祈りしながら。

そして無事、読み終えたところでも、たばこ。このときのたばこは、長旅を終えたねぎらいのしるし。煙のなかでもう一度、一冊のここかしこに、さわってみる。うん、自分が選んだだけに、さすがにいい本だった（！）などと思う。

ふたり

ひとりで吸うのもいいけれど、ふたりでたばこを吸うときがある。これもなかなか味のあるものだと思う。ふたりの相談が、岩に乗り上げていたりするとき、すっと、たばこが見えると、とても助かってしまう。煙によって時間がとぎれ、いい方向に切り替わる。「はい、ぼたもち、どうぞ」では、にあわない。ここは、たばこ。

仲のいい相手だと、おたがいのたばこの関係というか、タイミングも、いいものである。そうか、いま吸っているのね、ぼくはちょっと待ちましょう、とか。さて、こちらは吸いますよ、ほら、どうします？　とか。どんな場合でも、呼吸が合うものである。はじめて会う人でも、あまり心が通わない相手のときは、たばこのラリーが、うまくいかない。なんだか、ぎこちない。また、話をして、別れたあと、それまでは全然吸わなかったのに、とたんにすぱすぱ吸っているのは、そのときの話に、あるいは相手に対して不満が残ったことの、ひそかなあらわれかもしれないのである。

喫茶店などで、カップルの「たばこぶり」を見れば、そこに恋があるのか、愛があるのかなくなったのか。これからどうなるのか。遠くからでもわかるかもしれない。ま、そんなこと、大きなお世話だけれど。

こちらが吸うのに、向こうが吸わない。あら、さみしい。と思っていたらその人が最後になって「ぼくも吸っていいですか」。そこから熱烈なラリーがはじまり、話がはずんだりする。

そのとき、「人間とは不思議なものである」なんて話をしたりすると、不思議なことに、なぜか、ぴったりするものである。

喫煙者にとっても非喫煙者にとってもうれしいタバコ

米原万里

一日平均六〇本以上のタバコを吸っていた父は、しじゅう主治医から注意されていた。

「せめて、一日二〇本にできませんかねえ」

まだ世の中が健康至上主義と禁煙一辺倒に染まる前のことだったけれど、過度な喫煙が健康に良くないことは分かっていた。娘のわたしや妹も、父を問いつめたことがある。

「ねえ、お父ちゃん、なんでそんなにタバコを吸うの？　もう少し健康のこと考えてもらわなくちゃ困るよ」

「それはね、お父ちゃんの頭が良すぎるからなんだ」

父は紫煙をおいしそうにくゆらせながら答えたものだ。

「脳細胞の働きが速すぎて、周囲と合わせるのにブレーキかけなくちゃならないだろう。四六時中それやってると、くたびれちゃうんだなあ。ところが、タバコを吸うと、脳細胞の動きが緩やかになってくれて、ちょうどよくなるんだよ。だから、タバコをやめるわけにはいかないんだ」

父は無類の酒好きでもあった。そして、酒を飲むことを正当化する屁理屈もちゃんと持っていた。

「水牛のような草食獣は、必ず群れを成して生活しているね。ライオンやオオカミのような肉食獣に襲われそうになると、群れごと逃げる。群れとしての一体感を失ってはいけない。だから、群れが移動するときの速さは、一番足の遅い水牛の速さに合わせるものなんだな。

さて、肉食獣の犠牲になるのは、ふつう群れの最後尾を走るひ弱で鈍足な水牛だ。一番足の遅い水牛が食われたことで、群れの速度は逆に速まるんだ。

人間の頭の回転だって同じようなものなんだよ。脳味噌も、一番とろくて弱々しい脳細胞の速度よりも速くは回転しないような仕組みになっているんだな。

アルコールを摂りすぎると、脳細胞を破壊する、だから飲酒はほどほどになんていうもっともな理屈を並べ立てる連中がいるが、水牛の群れと同じで、アルコールのせいで破壊されるのは、一番弱くて鈍足な脳細胞なんだよ。

つまりだねえ、こうやって毎日お酒を飲むと、どんどん鈍足な脳細胞を破壊してくれるから、結果として脳味噌全体の働きは、素早く効果的になるってわけだ」

「お父ちゃん、頭の回転が速すぎると困るんじゃなかったの？」
「だから、それをタバコで調節してるんじゃないか」
「……」

わたしはタバコは吸わない。でも、タバコを吸う人たちに対して寛大なのは、そんな父のもとで育ったからかもしれない。

その喫煙者たちの肩身は、今や狭いなんてものではない。疫病神扱いだ。喫煙者はどんどん追い詰められている。日を追うごとに、必要量のニコチンを吸い込むことのできる場所が狭まってきている。職場や公共の場だけでなく、バーやレストランまで丸々禁煙になるところが増えている。鉄道も、禁煙車両の方が増えているし、飛行機など全行程禁煙だ。

世界で最初に熱心に禁煙運動に取り組んだのは、ヒットラーとナチスだったけれど、今現在一番禁煙に熱心な国はアメリカ合衆国で、そのエキセントリックな情熱には何だか共通点があるような。

では、喫煙者たちをゲットーに追い込んだ非喫煙者たちの言い分が不当か、というと、そうは言い切れない。彼らにだって、他人の吐き出したタバコの煙を吸い込む義理はないのだ。

というわけで、今回の発明は、両者を満足させるタバコ。喫煙者は吸いたいところでニコチンを吸い込み、一方で非喫煙者には他人の紫煙を吸い込む危険がない、そんなタバコである。「禁煙」とあるように、禁じられているのは、煙を出すことで、タバコそのものは、煙を出さない限り禁じられていないのだ。

要するに、煙を出さないタバコを作ればいいのだ。

では、どうすればいいのか。

「火のないところに煙は立たない」と諺にあるように、火を使わなければいいのだ。もちろん、点火されていないタバコをくわえていろというのではない。姿形もサイズも感触もタバコそのもののようなスティックタイプで、スティックの底にニコチンとタバコっぽい煙の匂いのもとを置いておくのだ。タバコを吸う時は、ライターの形をした電池式温熱器でスティックの底を温めると、スティック内で香りが立ち上ってくる。それをタバコを吸うのと同じ要領で吸い込めばいいのだ。

ニコチンと匂いのエキスは、随時付け足すようになっている。

煙は全く立たない。

たしかに、これでは、紫煙をくゆらせる快感は望むべくもない。しかし、狭い喫煙室で煙まみれになるよりもいいではないか。吐き出した煙がたちまち吸い込まれる吸引機の前で吸うよりも優雅ではないか。全く吸えなくてイライラするよりもはるかにましではないか。

それに、灰も灰皿も無いのは、スッキリしていていい。寝タバコの心配もない。火事の原因にもならない。

使い捨てではなく、半永久的に使えるタイプだから、今流行の「地球にやさしい」商品だし、うっかりポイ捨てして顰蹙《ひんしゅく》を買う心配もない。

それに、これは、喫煙者の健康のためにも、ちょっとだけいいかもしれない。だって、タバコで一番有害なのは、ニコチンではなくて、タールその他の化学物質や、タバコを巻いているあの紙なのだから。

乞食時代

吉田健一

陋巷《ろうかう》にあつた方が道が楽めるといふことに就て、孔子は考へなかつたらしい。でなければ、回さんは（そんな名前のお弟子だつたと思ふ）陋巷にあつてさへも云々とは言はなかつた筈である。実際に即した考へ方をするならば、日活ホテルの特等室にゐてなほ且、とするのが、その方が遥かに楽み難いといふ意味で、より正確ではないだらうか。

今よりももつと落ちぶれてゐた時代のことを思ひ出して見ると、どうもさういふ気がしてならない。煙が上らないのを見て、皆困つてゐると判断するのは流石《さすが》であるが、その頃は貧乏人でも威勢よく火を焚いて料理をしたのに違ひなくて、戦後に主に用ゐられた方法は七輪によるものだつた。七輪の火は、これを縁側で熾《おこ》しても、半分以上は部屋の中に入つて来て天井と畳の間をさ迷ひ、残りが漸《やうや》く外に発散して棚引くから、夕靄《もや》などに紛れて煙が立つてゐるかどうか、さだかには解らない。併《しか》しその七輪からの煙を上げるのも、なかなか難しかつた。それには炭を手に入れなければならない。

又、鍋の中で煮るものも必要である。そしてその鍋も貴重品だつた。

そんな生活のどこが面白いかと言ふものもあるかも知れないが、それは話を進めて行くうちに段々解つて来るといふことにして、兎に角、炭や、鍋の中に入れて煮るものや、新しい鍋を何とかしなければならなくて、最初に考へ付いたのが、担《かつ》ぎ屋だつた。海軍で一緒だつた男が福島県で百姓をしてゐて、除隊になつてからも文通してゐるうちに、そこの村では米が一俵千円かそこらで手に入ることが解つた。終戦の年で、闇米は今よりも遥かに価値があつたから、これは耳よりな話だつた。

上野から汽車に乗つて郡山で乗り換へ、又何とかといふ所で乗り換へて、漸く着いた駅がある町から更に二里ばかり奥へ入つた所に、その村があつた。勿論、円タクなどといふのは考へられないことで、知らない所を二里歩くのは、いつまでたつても道が続いてゐるやうな気がした。方向を間違へたのではないかと思つたことも何度かあつた。併しその道が一本、どこまでも田圃の中を通つてゐるだけで、真暗になり掛けた頃に家が並んでゐる所に来たのが、友達の榊原元海軍二等主計兵が住んでゐる村だつた。

田舎の人が客を歓待する方法は、のべつ幕なしに食べさせることで、その晩も、挨拶が一通りすんだ後は、榊原元二主の一家が総出でこつちの口に食物を押し込みに掛つてゐる感じだつた。そしてこつちは、馬の飼料に栽培された配給の薩摩芋の取り合ひをしてゐる当時の都会人だつたから、その晩の御馳走が今日でもまだ記憶に残つてゐるのは不思議ではない。餅が五、六種類出て、餅に胡桃《くるみ》の飴《あめ》をからませたのと、納豆をからませたのと、蜜をからませたのと、黄粉《きなこ》をまぶしたのと大根卸しと一緒に食べるのと、雑煮があつた。餅が嘘のやうに軟いのである。そして雑煮には、鶏が入つてゐた。それから、大豆を水に漬けて潰したのを蒟蒻《こんにやく》と一緒に煮たのがあつた。枝豆を煮たのもあつた。栗南瓜《くりかぼちや》を煮たのもあつた。塩鮭を焼いたのもあつた。それから馬肉で、すき焼きをしてくれた。飲みものは、一口飲むと体中がぽつとなるどぶろくだつた。

どぶろくでいい心持に酔つたと思つた途端に酔ひ潰れたらしくて、気が付いて見ると、蒲団の上に寝てゐて、もう翌朝だつた。外は雪が降つてゐた。駅までどの位あるか、榊原一家も知つてゐたので、無理に引き留めようとはしなかつたが、その代りにはお土産を奮発してくれた。千二百円で分けて貰つた米一俵のうち、取り敢ず一斗五升を持つて帰ることにした他は、皆お土産で、餅が五升、大豆が三升、青豆が一升、胡桃が二升、栗南瓜三つ、黄粉など、海軍でくれた雑嚢《ざつなう》の中に兎に角入れることは出来た。併しそれだけのものをどうやつて担いで行つたのか、これは今になつては解らない。風が出て来て、吹雪になつてゐた。併しこの方は、やはり海軍でくれた頭巾付きの雨合羽と、隣組の配給で籤《くじ》に当つた兵隊靴があつたから、それ程困らなかつた。

さういふ恰好をした上に、雑嚢を背負つて、雪の中の進軍が始つた。歩け、歩け、といふのは、あの頃の軍歌か何かだつたらうか。それから、歩行禁煙といふ標語もあつた。この時代のことを書いてゐると、色んなことを思ひ出す。そして吹雪の中では煙草は吸へないし、元二主の家にも煙草だけはなかつたから、歌と標語の通りに、煙草も吸はずにただ歩きに歩いた。重いものを担いでゐるので背骨が折れさうだつたが、この方は病気で苦んでゐる時と同じで、時々紛れて忘れてしまつては、又思ひ出した。こんなことは実際はどうでもいいのだが、その後だつただけに、駅がある所に着いてから起つた出来事は残念だつた。

まだ止まない吹雪の中を駅の方に歩いて行くと、電信柱の蔭から一人の男が出て来て、「もし、もし、」と言つた。他に人は通らず、戦後の乱れた世相では、人が食糧を持つてゐるのを一眼で見抜いて、これを掠め取る追ひ剝ぎの類かと思つたら、一緒に来て貰ひたいといふ風なことを言ふので、これが警察であることが解つた。所謂《いはゆる》、あの「経済」といふ奴である。

この町は焼けなかつたので、警察署は昔風の木造の洋館だつた。先づ、雑嚢を降させられて、中味が大きな卓子の上に並べられた。警察も、その米、餅、豆などの量には驚いたやうで、よくこれだけのものが持てたと褒《ほ》めてくれた。併しこれはまだ序の口で、それから別室に連れて行かれて調べられた。住所、姓名、親族関係、思想上の背景、罪を犯す考へを起した動機、敗戦国日本の将来に対する抱負、何だかよく覚えてゐないが、随分色々なことを、長いこと掛つて聞かれた。その間に、所持品の処分もその係の間で決つて、もとの部屋に連れ戻された。判決は、餅の搗《つ》き方から見て、本職の闇屋ではなささうだから、米だけを没収し、後は持つて帰つていいといふのだつた。闇屋は餅の一枚一枚をもつと薄く搗かせて、何枚も沢山運べるやうにするのださうである。

それから始末書に署名させられた。その時は警察も既に民主化されてゐたので、文語体の代りに、主格がどこか途中で消えてなくなる口語体で書いた文章だつた。終りの方に、もう決してこのやうな悪い事は致しませんといふ文句が出て来たのには弱つた。素人考へに、榊原二主の所の他に米のルウトはないし、こんなものに署名した後で又この町で摑まつたら厄介だらうと思つたのである。併しこの商売には既に幾らかいや気が差してゐた。何と言つても荷が重過ぎて、何も担いでゐない背中を警察の壁にもたせ掛けたまま、お巡りの質問に答へてゐるのが安楽に思へた位だつた。重罪を犯した場合は刑事が調べて、煙草をくれたりするのださうだが、煙草にはあり付けなかつた。

米が一斗五升も減ると、荷は大分軽くなる。警察から駅に行く途中、それから汽車に乗つてからも、ただもう欲しいのは煙草だつた。煙草なしで、駅から二里もある所まで歩いて二十貫はあるやうな気がする荷を担いで戻つて来たのを、警察に取られるのでは意味がないから、自動車を一台手に入れ、床を二重にして、その中に米を二、三俵分隠し、福島県から東京まで運転する案も立てて見たが、その位の金があるなら、何も担ぎ屋をしなくてもよかつた。煙草が欲しかつた。本当に煙草の気がなくなつて来ると、先づ頭の中がしんとして、それから耳鳴りが始り、誰かに両手で頭を締め付けられてゐるやうな感じになり、そのうちに頭の半分が働かなくなる。全く、何とも言へないものである。

郡山の駅はその当時の例によつて、雑嚢や、リュックサックや、風呂敷包みの脇に腰を降して汽車を待つてゐる乗り換への客でごつた返してゐた。汽車が見えて来て、やがて駅に近づくに従つて普通に汽車といふものがしてゐる筈の恰好の倍に膨れ上つてゐることが解つた。窓からも、昇降口からも、人や荷物がはみ出てゐるのである。それが駅に入つて来て、窓や昇降口でラグビイのやうなことが始る。だから、乗れないでゐるうちに汽車は又出て行く。

そんな訳で、何台か汽車をやり過してゐると、日が暮れて来て、間もなく夜になり、その日最後といふ、これは水戸廻りの、上野行が到着する時刻になつた。寒くて、郡山駅のプラットフォオムで一夜を明す気はしなかつたから、汽車が着いた時は奮戦した。旨い具合に、窓が一つ開いてゐて、そこからは誰も出入りしてゐなかつた。それで雑嚢を担いだまま、勢よく窓の縁に両手を掛けて飛び込んだ所が、そこは便所だつた。そして床の状況を見れば、他のものがそこから出入りしようとしない理由が解つた。併し足の置き場に気を付けて、戸を開けると、そこはどういふ訳か、二等車で、立つてゐるものが一列に並べる位しかゐなかつた。郡山から上野までの二等の普通乗車券から三等の代金を引いた金額は、郡山の駅で肺炎になるのに比べれば、大したものではない（その当時、ペニシリンはまだ伝説の域を脱してゐなかつた）。それで二等で行くことに決めて、その辺を見廻すと、同じ班の班務だつた本多元海軍上等機関兵がゐて、大きな荷物を通路に降して席を空けてくれた。本多元上機は煙草を持つてゐた。

何日も煙草がなかつた後で吸ふ煙草程いいものはない。例へば、長い日照りで茶色になつてゐた荒地に雨が降り、草木が緑を取り戻して、小鳥が囀《さへづ》りながら枝から枝へと飛び廻り、黄菊、白菊が草の中に色を散らすやうなものである。或は、広々と横たはつてゐる海の上をボオトを漕いで行き、晴れてゐて風がないので、白い雲が海に映つてゐるのに気が付いた時に似てゐる。そして貧血してゐた頭には血が戻り、視界がはつきりして、息をするのが楽になり、体中が深い満足と静寂に包まれる。

大体、席に納つてから本多元上機がくれた煙草はさういふ効果があつた。その時の話では、この元上機も闇屋をやつてゐるやうだつたが、これは自動車のタイヤだとか、将校用の軍服の布地だとか、こつちとは少し桁が違つてゐるので、色々と経験を話してくれたのも余り参考にならず、名刺を貰つただけで、その後訪ねても行かなかつた。上野で別れる時に、元上機は光をまるごと一箱くれた。

米は取られても、後は残つてゐたから、初めの趣旨に従へばそれを売つて儲ける筈だつたのであるが、売るのにしても、隣組の人達の気心は知れないし、それに家に帰つて持つて来たものを畳の上に拡げて見ると、餅だの、大豆だの、南瓜だの、売るのが如何にも惜しくなつた。それで、餅を焼いたり、大豆を外米に炊き込んだり、青豆を炒つたりして非常な楽をした後に、又何か職を探さなければならない羽目になつた。

もう余り枚数が残つてゐないから、この辺から少し話を急がなければならない。最初に選んだ仕事は、本多さんに貰つた煙草から思ひ付いて、モク拾ひだつた。これには、吸ひ殻を拾ひ上げるのに使ふ、先の方に針を一本植ゑた棒と、吸ひ殻を入れるづた袋がありさへすればよくて、づた袋が一杯になつても大して重くはないから、その点でも担ぎ屋よりは仕事がやり易くて、それに煙草の吸ひ殻を拾ひながら東京の町をぶらぶら歩いて行くのは、決して一般に考へられてゐるやうな感じがするものではない。店の窓を覗くのはただだし、女の子が通るのを眺めても、料金は取られない。仕事中に友達に出会ふと、モクの味をよくする為に煙草を二、三本恵んで貰つた。中には、こつちがやつて来るのを見掛けると、煙草を取られるのがいやさに横丁に逃げ込むやうになつたのもゐたが、けちな奴もあつたものである。今頃は罰が当つて、貧乏してゐることだらうと思ふ。

かうして集めた吸ひ殻はどうするかと言ふと、全部ほぐして、新しい紙に巻き換へるのである。その頃は政府もモク拾ひを奨励してゐたのかどうか知らないが、煙草の粉を簡単に紙に巻ける機械を専売局が作つて、煙草屋で売つてゐた。紙も専売局のを売つてゐた。併しそんなのを買つては高く付くから、紙はその時々の手に入り具合で各種のものを使用した。極上は、昔の三省堂の英和辞典を破いたものであるが、字引き一冊分の紙は直ぐになくなる。白水社の仏和辞典は、これに比べれば少し質が落ちる。併し何もなければ、古い障子の紙を使つても、その客は文句を言はなかつた。

本当は、モク拾ひと、モク製造と、モク販売が分立してゐたらしい。併しそれでは、それだけの口銭を損する訳であるから、自分で拾つて作つた煙草を自分で売りに出た。勿論、今はさういふものはなくなつたが、その頃は東京駅から大手町の方に行つたガアドの下に、同じく手製のパンや何かと一緒にかういふ手製の煙草を売つてゐるものが沢山あつた。女が多い中に、筆者のやうな男も偶《たま》には混つてゐた。一般に煙草が高い頃で、十本十円で結構買ひ手があつた。

併しその後、何やかやとあつた後に、是非とも書いて置きたいのは、モク拾ひよりも乞食をした方が割りがいいのではないかと考へて、乞食を始めた時のことである。

これには、貰つた金を入れる空き缶と、鋪道の上に敷いて坐るものが何かあればいいから、道具もモク拾ひよりももつと簡単である。仕事をする場所に選んだのは、その頃の文芸春秋社があつた内幸町の幸ビルの入り口で、通りを距《へだ》てて向うがＮＨＫだつた。ＮＨＫの前に坐れば芸能人が通り、幸ビルは一流の文士が前を過ぎてビルに入つて行く。この方を選んだのは、文士の方が知つてゐる人が多いからだつた。昭和二十四年三月十日の朝、最初にやつて来たのが池島信平氏で、こつちが空き缶を前に置いてそこにゐるのを見ると、「あ、今度は乞食か。早速一つ書いてくれ、」といふ話だつたが、何しろその日始めたばかりで経験が足りなかつたから、これは断つた。その時貰つたのが百円。

次に現れたのが石川達三氏で、これはどこかで見たやうな乞食だといふ顔をして中に入り、又出て来て千円札を一枚、空き缶に入れて、もう一度中に入つて行つた。いい商売だつた。金が溜り、そのうちに溜り過ぎて、たうとうこんな原稿を書く身分に出世したのか、落ちぶれてしまつたのか、そこの所はよく解らない。

陋巷にあつた時の方が、道が楽めたやうな気がする。その方が煙草は確かに旨い。

たばことライター

佐藤春夫

めづらしく風をひいて二十日ばかり引籠つた。ノドを痛めてタンやセキで苦しめられるほかは大した事もないが、いつまでもぐづぐづしてゐるのがじれつたい。もう明日は起きられる。明日は、明日は、明日こそはと思ひながら二十日ばかり臥てしまつた。これは今年の感冒の性質らしく、自分の近ごろの健康のせいではないとタカをくつてゐるが、周囲ではやはり自分の年のせいにしたり煙草の害を説く者などでうるさい。禁煙とまでは行かなくともせめては節煙をと云ふのである。その機会をねらつてゐたかのやうである。忌々しいから、では煙草も仕事も何もかもやめて二百までも生きることにしようか。健康に害のあるのは煙草よりも仕事の方らしいからなどと云つてゐるうちに病魔もすつかり退散した。

僕の煙草は一日三十本程度だから節煙の必要のない程度と思つてゐる。

から信じてよろこんで吸つてゐる限り煙草は無害と思つてゐるのを、有害と思ひ込ませようとするのはよけいなおせつかいである。一朝もし煙草のせいではないかと疑はれる違和を生じたら節煙ではなく直ぐ絶対禁煙の心構はしてゐる。

実は吾輩、煙草は仕事ほどには好きではないのだから、絶対禁煙の方は平気だが、絶対執筆禁止といふやうな日が来たらとその方が心配なのである。

煙草をはじめたのが十六七だから、もう二三年で五十年来の習慣といふ事になる。しかし煙草といふものは、無いとなるとしきりにほしいくせに、自由に吸つてゐる分には格別にうまいものではない。煙草のほんとうにうまいなと思へるのは一日三十本のうち一本の三分の一ぐらゐではないだらうか。それがいつどんな場合とはきまらないで、何かヒョックリうまいのは妙に魅力的である。云はば、この思ひがけない三分の一本のために朝から晩まで三十本を空費してゐるやうなものである。

煙草は或は生理的に少々は害もありさうなと思はないでもないが、僕にとつては生理的の害より心理的な益の方が多いやうに思はれてやめないのである。煙草は僕の舌頭は極く稀にしかよろこばせないが、僕の心頭にはいつも間違ひなく楽しみを与へてくれる。煙草を口にしさへすれば僕の心には必ず「閑散の時《アイドルアワア》」が来て、日常生活の煩はしさを煙の向うに追ひやつてくれる。これはニコチンの作用だかそれともただの習慣のせいだか知らないが、ともかくも事実である。

なまけものの僕はいつも世間を憚りながらなまけてゐるのだが、たばこを吸ふ時だけは大ぴらになまけてゐる。さながらに忙しい人びとがちよつとの手すきを見つけて煙草にするやうに、退屈しきつてゐる僕が、さながら毒を以て毒を制するかのやうに退屈の隙間で一服するのである。さながらやつと寸閑を見つけたかのやうに。かくてなまけ者の退屈から開放されて多忙な人のやうな寸閑を僕に味はせるものが実に煙草の徳なのである。逆説的な云ひ方をすると、僕はたばこのおかげで多忙な社会人の仲間入ができるやうなものなのである。

それから楽しいのは煙草そのものばかりではなく、それに附属したさまざまな僕のおもちやである。シガレットホルダーやケースやライターや灰皿などの類である。僕はそれらの物をみな少くも五六種類はいつも身辺に置いて、気分によつてそのうちのどれかを選んで使つてゐる。ホルダーやケースや灰皿は自然と一定の期間、飽きるまでは同じものですませるがライターとなると手近なところに四つ五つは置いて毎朝それを整備し、そのうちの調子のいいのを使ふ必要がある。

僕は一日に三十本しか吸はないが、だからライターも三十ぺんしか使はないと思つては大ちがひである。僕にとつてライターは煙草に火をつけるだけの器ではない。面白く火の燃えるおもちやなのだから、僕は煙草のために毎日三十ぺんライターを使ふほか、凡そその三倍の度数はライターを発火させてゐる。調子がいいと云つてはパチン。調子が悪いと云つてはパチン。無暗と火をつけて喜んでゐる。蓋を開けて火をつける手ごたへ。パッと火のつく時、蓋をしめた時の音みな快くライターは僕には気に入りのおもちやである。それを弄びながら僕は孤蝶先生がいつもブライヤーのパイプを摩きみがきコンパニオンズといふパイプを扱ふ小さな七つ道具の組合せたものをおもちやにしてゐたのを思ひ出す。

僕は自分がライターでつけた煙草でなくては煙草がうまくない程のライターの愛用者だからいつもシガレットと一緒にライターを取出すのに、それにはおかまひなしでマッチの火を差出されるのには迷惑する。いつぞや或る料理屋の小女で僕の手もとを見てすりかけたマッチの手をとめて、マッチはおきらひですかと問うたのがゐたのはその気働きに今でも感心してゐる。

ライターを僕は大ぶんこはして来てゐるが、ライターは二大別してダンヒル式とロンソン式とであらう。日本ではどういふわけか大部分ロンソン式のやうであるが、僕はダンヒル党である。日本のものは器械的に軽妙で気の利いた改良を加へた外国の模造品もあるがそこが壊れやすく、またよく火はついても手ごたへが悪くて面白くない。美術国にも似ず国産品の意匠の貧弱なのも愛用を妨げる。僕は飽くまでダンヒルだが、これを壊すと国内では修理が利かないので閉口。目下壊れた二個のダンヒルを持ちあつかつてゐる。国産としては珍らしいダンヒルの模造品のロンジンといふのが比較的使用に堪へる。

最後に一つクイズを上げよう。あまり大きすぎてポケットには入らず携帯には至極不便で、その上決して発火しない、それでゐて世間では重宝されてゐるへんなライターがある！　何と云ふライターか？　曰くタイプライター！

我が苦闘時代のたばこ

赤塚不二夫

三度喫われたたばこ

よくたばこ銭に苦労するというが、十五、六年前、無名の新人漫画家だったぼくも文字通りの苦労をさせられた。

その頃は豊島区椎名町のトキワ荘というアパートに石森章太郎と隣り合せの部屋に住んでいたが、仕事がなく石森の仕事を手伝いつつ、彼に食べさせてもらっていたのである。別に月給を貰う訳でもなく、食事の時、映画へ行く時に石森のそばにいれば、彼が経済的にめんどうをみてくれるのだ。

たばこ銭をくれとまでは、さすがに云えない。だから彼がどこかへ出かけてしまえば、とたんに文無し状態におちいってしまう。

その頃の楽しみというと、K社の谷口さんという編集者が打ち合せのため石森のところへくる事が最高の楽しみであった。

何故なら、谷口さんは盛んにたばこを喫うのだが、実にぜいたくに残して捨てる。彼が帰ったあと、ぼくは狂喜乱舞して灰皿を自分の部屋へ持ってゆき、おもむろに彼の喫い残しをいただくのである。

しかし、それもつかの間、すぐなくなってしまう。なにしろ、どこかに出かけられる訳でもなく、テレビがある訳でもない。ただぼんやりと漫画の案を、あれこれと夢想しているだけだからだ。

さて、全部を喫い終ってしまったと思うと、これまたやたらにもう一本欲しい! 短くなってしまった喫いガラを、うらめしそうに見つめるうちに、ぼくはハタ! と素晴らしいアイデアを思いついた。

ペン先でこの短いたばこの根元に近い部分を突き刺して喫えば、ほとんどの部分を煙に出来ることに気がついたからだ。

谷口さんのたばこは、こうして三度にわたって喫われ尽した事になる。今になってみれば妙に楽しい思い出だ。

石森章太郎の缶入りピース

漫画家になりたての頃のぼくは、まるでグウタラであった。一冊の単行本が三ヶ月かかっても完成できず、いつも隣部屋の石森章太郎の食事を作ってやったりして、何となくその日を暮らしていた。

どこへ行くのにも石森と一緒に行動しないと、こっちは文無しだからとたんに行動力を失なってしまうのだ。

石森の魅力は、なんといっても缶入りのピースを常に持っていることにあった。これをぶらさげて近所の喫茶店へいっては、時間をつぶすのである。

月刊誌時代の新人漫画家にそれ程仕事もある筈もなく、月の大半を遊んでいたのだ。この喫茶店で、ぼくは将来かいてみたい漫画のプランやストーリーを石森に延々と語ってきかせたものである。

たいていの人なら退屈して、もういいよとでもいいたい所を、石森はだまって最後まできいていてくれた。

ぼくは、石森のピースを次々と喫いつつ夢を語れる訳だから、こんな楽な事はない。話の種が尽きてしまうと、今度は彼のライターを分解してしまったりした。

また完全に組み立て直す自信がある！　と宣言してからはじめるのだ。

ウェイトレスのハンドバッグの口金がこわれたなんて聞くと、大喜びでなおしてやるぞと声をかけた。

こういう細かい事の工夫には自信があった。そしてかならず成功するのである。その時の石森の缶入りピースの味はまた一段と美味だ。こんなことをやりながら、なんとなく一日過ぎてしまえば、それでよかったのだから実にいいかげんである。その十五年も前の喫茶店「エデン」は今でもスタジオから十二、三分のところにある。

落ちてなかった新品のタバコ

高校を卒業するとすぐ上京してきた、石森章太郎は、はじめから連載物が決まっていたから、定期収入をある程度あてにできて楽だったが、ぼくの方はひどい状態だった。

単行本の仕事が完成しない限り、雑誌の方からの収入は一ヶ月にカット一点五百円だけということさえあった。アパートの隣り部屋の石森をあてにするより他にない。ところがその石森さえ文無しになってしまった時、ぼくらはその五百円の小切手を講談社へ取りに行った事があった。

郵送では飢死しそうだったのである。大塚駅からあるいて講談社へ行き、裏書きしてもらった金五百円也の小切手を、またあるいて江戸川橋にある銀行へ持っていくのだ。

この切なさ、恥かしさは一生忘れる事ができない。先日、この話をあるバーでしていたら、やはり若いコピーライターが文無しになったとき江戸川橋から神田駅まで歩いた事があるというのだ。

彼はその時、路上に落ちている真新らしいタバコを五本ひろった！　という。うまかったですようとさも得意気である。

十五年前、うつむいてあるいていたぼくの視界には、そんな新品のタバコが落ちているという光景はなかった。

同じ若者の貧しさの質も、こんなにちがってしまっている。彼は自分の生活を自由に楽しむために貧しさを求めていき、それが苦しくなった時、フラリと帰ってきて、チャッカリとコピーライターになっている。

ぼくらには五百円を握って、何か必死で生きてやろうといった気持が、つきまとっていた。しかし、その五百円を得た時に、真っ先に買いにいったものはタバコだった。プカリと一服、ぼくらはぶらぶらと大塚駅へ歩いていった。

ファースト・コンタクトの時に……

最近はオカルト・ブームにのっかったようにまた円盤ブームが巻き起っているよう

だが、マンガ家になったばかりの頃はぼくも、アダムスキの本などを夢中になって読んだことがあった。それからS・Fへと入っていったのであるが、S・Fのテーマにファースト・コンタクト・テーマというのがあり、それが特にぼくの興味をそそるのであった。

つまり宇宙船に乗っていった地球人が宇宙のまっただ中で異星人とはじめて出会った時どういう情況が起るだろうか、という小説だ。言語、習慣がお互いに未知なもの同士である。しかしぼくが考えた事はこうであった。お互いにポケットから小箱を取りだすと、

「どうですか一服?」

とタバコをすすめ合うのである。誰かと初めて出会った時、それが男であればかならずそうするとぼくは信じてうたがわないのである。

無口で内気で、コンプレックスにとりつかれていた当時のぼくは、雑誌社の編集者に初めて会いに行く時は、まさにこのS・Fのファースト・コンタクトと同じ恐怖とスリルを感じていたのだ。

作品が採用されるようになると、徐々にそのコンプレックスと恐怖は薄められるようになっていったが、人の性格はそう急に変ってしまう訳ではない。

本質的なところで、それは残っていて、ある種のひとみしりとして出てきているよ

うだ。それが誤解され、今度は新人の編集記者諸君が、ぼくに対して妙な尻ごみをしているように感じる時がある。そうしたしこりをほぐしてくれるのは、やっぱりタバコだ。だから最上のタバコを持ってファースト・コンタクトすることが地球人の礼儀だろう。

煙草あれこれ（抄）

丸山薫

一、キセルの濫觴

むかし、京洛に「かわまた組」というかぶきものの結社があった。かぶきものすなわち今日いう街のチンピラどものことである。

その結社の主領株だった風吹散右衛門《かぜふけばちりうえもん》、大風嵐之介《おおかぜあらしのすけ》などと呼ぶ面々、いつも大道をノシ歩くときは、金具をはめこんだ大筒のようなものを、お供に担わせた。行き交う子女たちみな眼をまるくして、「あれがちかごろ南蛮渡りの鉄砲というものか」と噂したか、しなかったか……

ところでそれが人殺しの道具でもなんでもなかったのだ。同じ南蛮渡来の道具でも、なんと、タバコというケムリ草をたのしむ管だったという。——そんな話を、学生のころに辻善之助博士の「江戸時代史」の講義で聴いた。

二、「二重の部屋」

ボードレエルの散文詩の中に「二重の部屋」（Le Chambre Double）というのがある。なんだか推理小説にでもありそうな題名だが、この場合の二重というのは、別に部屋の仕掛を意味しているのではない。

部屋の主人が阿片を吸う——と居ながらにして幻覚がおこって、それが半醒半睡の間に、周囲と重なる。つまり心理と現実との交錯するところを二重といったのだろう。

ボードレエルがアブサンを飲み、阿片を吸い、ハシーシュを嗜み、没薬《もつやく》に憬れたなど、すべて強烈な麻痺と刺戟を求めたことは、その作品のいくつかにもれっきと現われている。またそのことが、彼の芸術を味読する人々をして、さながらにサルタンの後宮にでも迷いこんだような、エキゾチックな絢爛《けんらん》さを感じさせる点でもあろう。ところで、なぜ彼がこのような麻痺と刺戟を求めたか、求めずにいられなかったか？美の追求からか、常識への反逆のためか、満たされなかった母の愛への憾《うら》みからか、または重なる負債と窮迫の不安から逃れる為だったのか。そのいずれでもあったろうし、たゞそれだけではなかったかもしれない。

常に酔っていなければならぬ。それがすべてである。それが唯一の問題である。君の双肩を砕き君を地面へと押しつける。「時」の怖るべき重荷を感じないためには、絶えず酔っていなければならぬ。

だが何に？　酒に、詩に、徳に、どれでも君の好きなものに。（村上菊一郎訳）

と書いたこの耽美派詩人の巨匠にとって、阿片もハシーシュも没薬も、もはや単なる嗜好や趣味ではなくて、それこそむしろ彼の生を支える思想であったとも云えるだろう。その思想の一つとして、彼が喫煙を好んだこと、云うまでもない。

三、まずいっぷく

わが国自然主義作家中の名文家として、曾て志賀直哉と並び謳われた葛西善蔵氏は、寡作と遅筆の点でも、また文壇に稀れな存在だったらしい。氏はよほど気が乗らぬかぎり滅多に原稿用紙に立ち向かわない。しかも執筆中、ようやくに興が湧いてきたという肝心の時になると、きまってペンを擱く妙な癖があったという。まさに普通の作家の逆をゆくやり方であって、これでは仕事がはかどらぬのも当然のことだったろう。

興至ってペンを擱くというその所作が、氏のいかなる心理によるものだったか？　むくむくと数かぎりもなく湧きおこる入道雲のような想を望んで、一歩退いて、なおよく客観をとおし検討を加える為だったとしたならば、それこそは自然主義の神様といわれる所以でもあったろう。それとも継起するインスピレーションの花火のために、胸の動悸がペンを握っているのに堪えかねしめたとでもいうのなら、さりとは近代の作家として甚だ適性を欠くと云っていい。果していずれが真相だったかはいまは、故人となった氏に訊く由もない。

とまれ、そんな逸話を耳にするにつけても連想されるのは、この国の封建時代から云い慣わされた〝まずいっぷく〟という職人言葉である。〝まずいっぷく〟――なんというそれは堅実にして頰笑ましい勤労の心理であろうか。

四、ドングリ独楽

タバコノミは忙しいときほど、たくさんタバコを喫う。この傾向は、アタマだけを使って手の方が空いている頭脳労働者という階級に、特にいちじるしいようである。はげしく精神が興奮しているとき、思考をまとめようと苦慮呻吟する場合、かれらは無暗と美味くもないケムリを呑吐《どんと》する。

だがこうした頭脳労働者にかぎらず、すべての愛煙家が最も頻繁にタバコをふかすのは、なんといっても、人と会って話をするときであろう。こんなときのタバコノミはたしかに一分の利があると云っていい。理由は、人は誰でも改まったときには、一種の手持無沙汰を感じる。タバコはそれを救ってくれるからだ。またなんぴとも多少の駈引や虚飾の心を以って他人に向き合う。そんな場合、タバコのケムリは相手に対して、適宜な煙幕の作用をしてくれるからである。

ところでこの反対のことが、タバコを喫わない人について云えよう。かれらは他人との応対中、バツのわるさや手持無沙汰から救われることがない。かれらはいったいどんな手段でそのへんのところを紛らしたりゴマ化しているのだろうか？

私の知っている東北地方の或る中学校の先生は、人との応対の最中、ポケットからドングリの実をとり出す。ちょうど巻煙草でもまさぐるような手付きで――。ドングリの芯にはマッチの軸がつきとおしてある。話の合間に、それを膝のそばで無雑作にひねって廻すのである。

ドングリ独楽は一つではなく、シガレット・ケースから何本かのタバコが抜き出されるように、彼のポケットから随時にいくつもとり出される。そしてタバコに火が点されるように、次ぎ次ぎに彼の指先で器用にヒネられる。それらは時として曲芸のように囲炉裡ばたの狭い板の上に並んでクルクルと廻って、仲々に退屈凌ぎになる。しかも彼も相手もそれについて一言も触れないところは、タバコ以上に妙である。

五、煙の出る詩

高原

恋は仮綴《かりとじ》本のようにほぐれやすい
高原に行って　蝶よ　翅をやすめよう
パンパスの草の波に腹這いになっているものよ
パイプから雲が湧き出している

――阪本越郎「貝殻の島」より――

一望千里。青草なびくアルゼンチンの大平原。白い雲は地平から湧いて地平へと流れ去る。悠々の天地の間に点々と臥そべっているものは、この国名物の放牧牛の姿である――と、たゞこのように書いただけでは、パンパス（大草原）の異国的な広さも情緒も彷彿しない。牛の点景から角、角からパイプ、パイプからケムリ、ケムリからさらに雲という連想を利用して暗示的に書いてこそ、風景はいっそうイメエジ（映像）を伴って、読む者の頭に鮮明に喚び起されてくることになる。

桐の花

桐の花が灯っている暗い杉林に、
その蔭にひそんで夢はうかがっている、
とおい北の空を。

オーロラと、鐘と橇、
エスキモーは、かわいい、
白熊に煙草をすわせている。

ごらん大雪原のかなたへ流れていく
薄紫の匂いのいい
空想のけむりが……

——大木惇夫「秋に見る夢」から——

桐の花の仄かな紫いろとタバコの紫烟、それにグリーンランドの薄蒼い空、白熊、雪原、氷、——そうしたものの色彩についての感覚が結合しなければ、この詩は理解出来ないだろう。

「エスキモーは、かわいい、白熊に云々」は、云うまでもなくその次の三行をいわんが為のフィクション（虚構）の童話的な表現である。さてその三行は、「煙草」という言葉のあとを受けて「けむり」を出し、それと「空想」との連想を利用しながら、これらの点景がすべて作者の郷愁から生れたものであることを示している。

パイプ

杉本秀太郎

カナダみやげにパイプをもらった。意表を衝く外見をそなえていて、思わず吹き出してしまうようなパイプである。つやのある銀の剛毛が全体に密生していて、毛先はすべて下を向いている。海豹の毛皮が貼りつけてあるらしい。吸っているうちに、ほのぼのと暖かくなるのは持ち加減として悪くないのだが、そのうちに毛のにおいがしてくる。しめりを帯びた、少し乳くさいにおい。口ひげを生やした人がこのパイプをくわえれば、パイプが人体の一部分になったがごとき観を呈して、妙になまなましい印象をあたえるにちがいない。

『悪の花』に「パイプ」という十四行詩がある。ボードレールの長い詩よりも短い詩のほうを評価していたプルーストは、殊にこの詩を傑作だといっている。着想の軽妙、用語の平易、展開の小粋、結構のむだの無さ。そういう美点を認めたからだろうと思われる。試みに訳してみる。

あたしはパイプ。ある物書きの持ちものなの。
アビシニアの、それともカフラリアの女のような
あたしの黒光りする顔をつくづく眺めた人には分かりますわ、
あたしのご主人はすごい煙草のみなのね。

あの方のなかに、しんどいことがいっぱい詰まっているとき、
あたしは藁葺きの農家のように煙《けむ》を出してあげるの、
畦打ちをして家に帰ってくると、
ご馳走の用意ができています。

あたしはあの方の魂をくるみこんで、かわいがってあげるの、
熱いあたしの口から湧きあがる
少しもじっとしていない青い網の目のなかに。

そしてあたしはきつい匂いをゆさぶりかき立て、
あの方の心をうっとりさせて、あの方の疲れた神経をなぐさめる
お楽しみの相手になってあげます。

こういう詩を作ったボードレールが、もしも海豹毛のパイプを所持していたら、これを愛したかどうか。愛したとすれば、どんな比喩を用いて、その愛に応えるパイプの気持を歌っただろう。想像していると怪しい気分になってくるが、やがてばかばかしい空想だと思いなおす。

世にはさまざまな物品の蒐集家がある。万年筆を何百本と買い集めてビロウド張りの平箱にぎっしり貯蔵していたり、マッチ箱のラベルを三千、五千とスクラップ帖に貼りつけていたり、子《ね》年生まれにかこつけて、ねずみのおもちゃを棚いちめんに並べていたり。蒐集癖には人のしないことをしようという下心があるから、同類が簡単に見つかるようでは熱も入りにくい。けれども、パイプの蒐集家というのは、そう珍しい部類ではないのに、それぞれに熱心な蒐集癖をうしなわないのが妙である。まさか吸いもしないパイプを集めることはなさそうだから、みな「すごい煙草のみ」にちがいない。一本のパイプになじむにも相応の日数を要する。使ってみて煙草の味のよろしく思えるパイプでなければ大事に保有する気も起こらぬとすれば、パイプの蒐集には長い歳月をかけなくてはならないことになる。そのためだろうと思われるが、たった四、五本のパイプを持っているだけでさながら蒐集家のように気負っている人を見かける。火口《ほくち》の縁辺をこがさない。火口のなかに付着する炭化物をじょうずにけずる。全体に傷をつけない。材質のつやを保つ。そんなことに気を使って、後生大事に数本のパイプを取りさばいている蒐集家気取りの人を見ていると、パイプという道具に使われ、パイプのために生きているようなありさまで気の毒になってくる。

かようにつめたいことをいう私にパイプを蒐集する気などはさらにないのはお分かりいただけるだろう。いつでも一本のパイプを使って、それがだめになったら捨てるだけのこと。しかも猶、朝夕せいぜいうまい味の煙草を吸いたく思えば、たった一本のパイプにも手入れが必要である。日に一度は和紙の反故《ほご》でこよりを搓《よ》ってやに取りをする。炭化物をそぎ落とす。そして手のあぶらがなるたけパイプに染みこまぬように持ち加減をかんがえている。

あるとき、友禅描きの職人と知り合いになった。先に書いたようなパイプ蒐集家を気負っている人だった。それでもひとつだけ、ためになることを教えてくれた。使い古しの紙幣の束を焼却すると、死人《しびと》を焼くのと全く同じにおいがするのです、とその人は言った。パイプに手のあぶらが染みこんだら、味がガタ落ちするのは当たりまえですよ。これを聞くまでは私も、鼻のあぶらでパイプを光らせている部類だった。いさぎよく古パイプを見捨て、扱い方を変えて以来、パイプの味が変った、というよりも変りにくくなった。要するに新しいパイプがいつでもいちばんうまい。デンマークの王立コペンハーゲン製陶所が磁器製のパイプを作っている。高価なもので所有するほどの余力もないが、洗えばやにの落ちるパイプは、つねに新しいパイプというものだろう。

この七年ばかり、ずっと使いつづけているパイプは一本のダンヒル製で、おそらく型の記号として首の付け根に一四七という番号が打ち込まれている。火口のほうはマロニエの実のような形をしているが、柄の部分は四角錐になっていて、パイプのお尻もそれに合わせて切り落としてある。つまり、このパイプのお尻はまるくはなくて角張って九十度にとんがっている。まるいお尻のパイプは、机のうえに置くところりと横ざまに倒れ、はずみで灰がこぼれやすいが、角張ったお尻だとそんなことにはならず安心である。そればかりか、火口がまっすぐ上を向かずにちょうど四十五度傾いて安定するところが小粋である。バートランド・ラッセルがこれと同じパイプをにぎっている写真を見て以来、ますます気に入っているので、どこかに置き忘れて帰るということもない。そしてこのパイプが物を言えば、ボードレールのあのパイプのように親しみのこもった語調で、私が彼女の主人であることを人にも告げてくれそうな気がする。

かつて所持していて、無知から手のあぶら、鼻のあぶらを染みこませてしまったパイプはイタリアで買ったものだった。小型だったからポケットに突っこめる便利があった。火口も四角、柄も四角、お尻はペタンと平らで、机のうえではまっすぐ上向きに安定した。そうだ、あれはボンジというパイプ店だった。フィレンツェに春がめぐってきた一日、独り町歩きをして夕闇の迫る刻限に、とおりがかった窓のなかに、私はそのパイプを見たのだった。なぜか、はじめて見たという気がしない。たしかに見おぼえがある。立ちどまってガラスごしに眺めるうちに昔のことを思い出した。

一九四八年の夏、私は旧制第四高等学校の一年生だった。小学校以来の仲良しの友は八高の一年生だった。夏休みで京都に帰省したふたりはよく一緒に散歩した。ある夜、四条通りの暗い路上で、おや、パイプだ、とつぶやいた友が拾い上げたのは、火口の四角な、黒々とした小型のパイプだった。これはいいパイプだぞ。さっきわれわれを追い抜いて歩いていったアメリカ兵の落とし物と見極めがついた。さっそく新京極の闇たばこ屋で「ハーフ・アンド・ハーフ」を一鑵手に入れ、共有で使いはじめたが、やがて夏がおわって、友とパイプは名古屋へ去ってしまった。

パイプ礼讃

澁澤龍彦

ボードレールの詩集『悪の華』のなかに、いかにも詩人の軽妙なヴィルテュオージテ（技巧）を思わせる、「パイプ」と題された小品がある。最初の四行を鈴木信太郎訳で次に引用してみよう。

作家のパイプでございます。
エチオピアの娘かカフルの女性のような
真黒な　わたしの顔を御覧になると、
主人の煙草好きなのが　お解りになる。

カフルとはアラビア語起源の言葉で、アフリカ南東岸モザンビク周辺の住民を漠然とさしている。つまり、カフルの女性とはアフリカ女性ということだ。なるほど、いみじくもボードレールの言う通り、パイプは女、しかも美しい黒人女なのかもしれないな、と私は思う。その肌はつやつやと黒褐色あるいは赤味を帯びた茶褐色に輝き、磨いてやれば磨いてやるほど、ますます内部から匂い出るような、しっとりとした、エロティックな、手に吸いつくような触感と色艶を増してゆくのである。こんな美しいものは滅多にあるまい。

このパイプの肌ときたら、じつに繊細微妙なもので、その日の天候の加減や季節によっても、いろいろに変化するところが何よりおもしろい。これは或る程度の時期、同じ一本のパイプと馴染みを重ねなければ分らないところで、その点もどうやら女と似ているはずである。

たとえば蒸し暑い夏の日など、ひとり淋しく机の上にころがっているパイプ嬢の肌が、じんわりと汗ばんでいることがある。まるで私の愛撫を待っているかのようだ。あるいはまた、特定のパイプばかり可愛がって、別のやつをほったらかしにしておくと、彼女たちは不貞腐れて、まるで油が切れたように、かさかさの肌になってしまうことがある。

そういう時には、まず慣れた指先で、ブライヤーのボウルに刻み煙草を多からず少なからず詰め、上からコンパニヨンで軽く圧しつけてから、おもむろにマッチを擦り、ぐるぐる廻すようにして万遍なくボウルに火を通し、ゆっくりしたテンポで吸ってやることだ。決して急いだり焦ったりしてはいけない。パイプ自身がこちらの吸引運動に身をまかせ、みずから熱を帯び、燃えあがってくるのを待たなければならない。そうすれば、やがてパイプ嬢は冷感症を克服し、よみがえったように生命《いのち》の艶に輝き出すだろう。

あのパイプのボウルがほんのりと煖まり、私がそれを掌のなかに感じている時ほど、私とパイプとの親密な一体感の感じられる時はない。

フランスの近代詩人、たしかマックス・ジャコブだったと思うが、「パイプのなかには神さまがいらっしゃる」と歌った詩人がいたように記憶している。たしかに、そう言われればそんな気がしてくるほど、掌のなかに握りしめた暖かいパイプは、私たちに限りない安らぎと慰めをあたえてくれるのだ。さればこそ、ボードレールは前に引用した「パイプ」のなかで次のように歌っている。

火となったわたしの口から立昇る
ゆらめく青い網目の中に
主人の心を搦めとり　軽く揺って、
強烈な香気を　わたしは振りかけて、
それが　心を　魅惑して　精神の

疲労を　癒して差し上げる。

心理学的に考えれば、このパイプのあたえる慰安には、火というものの神秘的な性質が関係しているのではないか、とも思われる。周知のように、火は古来、性的なものであると同時に、また神秘的なものでもあると考えられてきた。もし中世の錬金術師が夢想したように、火が一切の生命の原理、精液の原理であるとするならば、その火を内部に蔵したパイプは、まさしく子宮でなければならぬであろう。私には、ダンディーな男がアクセサリーとして手のなかに握っているパイプのボウルが、どうしても燃える小さな子宮のシンボルのように思われて仕方がないのである。

火について述べたついでに、パイプに最もふさわしいと思われるマッチについても述べておこう。

メカニックな金属の小箱のなかに焰を封じこめたライターは、事務所や車のなかでも手軽に口にくわえることのできるシガレットにはふさわしいが、何よりも閑暇を必要とするパイプにはふさわしくないと私は考える。パイプに関するかぎり、万事ゆったりといきたいものだ。もちろん、私は自分の趣味を他人に押しつけるつもりは毛頭ないが、これは必ずしも趣味だけの問題ではなく、パイプにはマッチのほうが火のつき具合もよろしいような気がするのである。

もう一つ、パイプ掃除には一般にモールが使われているようであるが、私は二十数年来、素朴なコヨリを愛用しているということを申し添えておこう。

昔は帳簿として使われた、ところどころ虫食いの孔のある、黄色くなった古い日本紙を、四センチばかりの幅に細長く切って、親指と人差指で縒って、いわゆるカンジンコヨリをつくる。これにはなかなか熟練を要する。つくる役目は女房である。田舎の家で発見した帳簿用紙はたくさんあるから、たぶん私が死ぬまで、日本紙に不自由することはあるまいと思う。書斎の本棚には、筒形の筆立てに、いつも十数本のコヨリがぴんと立っている。おそらく、世のパイプ党のなかでも、こんな原始的な習慣を保っているのは私くらいのものであろう。

あらためて言うまでもなく、ブライヤーは地中海沿岸地方の荒地に生えている植物エリカ・アルボレア、通称ヒースの根であって、日本で多く誤解されているように薔薇の根ではない。それにしても、この植物の根の発見は、パイプの歴史上ではまさに革命的な一大発見だったと思わざるを得ない。これほど木質が堅く、これほど木目が美しく、これほど光沢があって、これほど手ざわりのよいマティエールは、ブライヤー以外にはまず絶対にあり得ないと思われるからだ。私は前にパイプを女体になぞらえたが、女体は女体でも、この先天的な素質にめぐまれた女体は、たとえサド侯爵のような男でも傷つけることのできないような、おそろしく堅い、おそろしく緻密な肉体組織の持主なのである。

そして私がパイプを愛する理由も、おそらく一つには、この材質の緻密さ、堅さということにあるはずなのである。

子供の時分から、私は大きなドングリのような、堅い皮につつまれた、美しい光沢のある、掌のなかに握れるような種類のオブジェが大好きだった。今でも好きである。どうしてそんなものが好きなのか、と聞かれても、私にははっきり答えることができない。オブジェ愛好の心理学は、自分でも説明がつかないのである。

前にパイプのボウルを、子宮のシンボルではないかと私は書いたが、このオブジェ愛好という面から眺めれば、むしろこれはずばり男根象徴ではないか、とも考えられよう。そのほうが男性自身に即していておもしろいかもしれない。幼児のころから私たちは、いくたび、みずからの手でみずからの男根を握ってきたことであろう。フロイトは喫煙の習慣を「しゃぶりコンプレックス」によって説明したが、もしかしたら私たちはパイプを握ることによって、男根を握ることとの代償満足を得ているのかもしれない、とも思うのである。そう言えば、とくにブルドッグ型のパイプなどは、充実したファロスを思わせて意味深長ではないか。

しかしまあ、素人心理学はこのくらいにしておこう。

パイプにまつわる思い出はずいぶんある。そのなかで、いちばん悔しかった思い出を一つだけ語ろう。

もう今から二十年近くも前のことだが、友人三人と小淵沢から小海線で、八ヶ岳の麓の野辺山へ遊びに行ったことがあった。玩具のような汽車が煙をあげて、日本でいちばん標高が高いという高原を、あえぐようにのろのろ走る。私はパイプを汽車の窓の前の窓枠の上にのせて、野の花の咲きみだれた、美しい初夏の高原の景色を眺めていた。

そのとき、友人の一人がいきなり窓をあけたのである。初夏の風を入れようと思ったのであろう。現在の新幹線のような窓とちがって、容易に手であけられる窓である。あっという間もなく、私の愛用のダンヒルはころころと転がって、走っている汽車の窓の外に落ちてしまった。手で押さえる余裕もなかった。

いかにも残念だったのは、汽車がまことにのろのろと走っているので、あわてて飛び降りて拾えば拾えたかもしれない、と思われるほどだったことだ。実際はとても無理だったにきまっているが、そう思われるほどゆっくり走っていたのである。

私は旅行中、八ヶ岳の雄姿を仰いで高原をそぞろ歩きしながら、紫煙を棚引かせるという絶大な快楽を、一瞬にして奪われてしまった。友人にはさんざん文句を言ったが、もとより、言っても詮ないことではあった。

長年のあいだには、大事なパイプを落したり、酒を飲んだバーのカウンターへ忘れてきたり、どこかへ紛失したりしたことも数知れずだが、あの時ほど、残念至極な思いをしたことはない。

パイプの話

安西水丸

レストランはもちろん、この頃はバーなども禁煙のところが多い。

「煙草を喫ってもいいですか？」

「お煙草はお喫いにならないんですか？」

よくレストランやバーなどでこんなことを訊かれる。ぼくは喫いますよといつも答えているが、そんな時みんなちょっとふしぎそうな顔をする。実はぼくはパイプや葉巻党なのだ。

ぼくの煙草歴を書くと、はじめて煙草を喫ったのは二十八歳の時で、当時はニューヨークで暮していた。42ストリートの六番街にある小さなデザイン・スタジオで働いていたのだ。日本人はぼくひとりで、他はみんなアメリカ人だったが、これはアメリカにいるんだから当然のことだ。

スタッフ全員が大のスモーカーで、ところがみんなパイプを咥《くわ》えたり葉巻をくゆらせたりしている。そういう点から街を見てみると、あまり男は紙巻き煙草を喫っていないことに気づいた。

そうかニューヨーカーの男たちは紙巻き煙草ではなく、パイプや葉巻なのだと、つい彼らのまねをしたくなった。

さっそく仕事の帰り、マジソン・アベニューの46ストリートにある「ウォーリー・フランク」という煙草屋（主にパイプ煙草や葉巻を扱っている）に入りパイプを一本買った。アップルという型で、パイプ煙草を入れるところがリンゴの形をしていた。

それをアパートで使ったのが煙草のはじまりで、ぼくは二十八歳だったということになる。

以後ぼくはずっとパイプや葉巻を愛用しているのだが、この香りに特徴のある煙草は、どうも日本の料理屋では料理に合わない。パイプの香りというのは寿司や日本料理には合わないのだ。そういうこともあり、ぼくは東京の街ではほとんどパイプを使わない（一軒だけバーで使っているが）ことにしている。

煙草を喫うのに、ぼくが街で煙草を喫っているのを人が目にしないのはそんな理由からだ。ぼくの仕事場などは、もうパイプの匂いが充満している。

冬がくると、パイプは散歩の時などいい暖房器になる。冬のセントラル・パークをよくぷかぷかさせながら散歩したものだ。

ところで日本でパイプとなると、どうも昔の日活映画、あるいは自民党の選挙ポスターの絵柄みたいになってしまう。日活映画では、湘南かなんかにある金持ちの放蕩息子がたまに家に帰ると、何故か決まってパパはガウンをはおりソファでパイプをくゆらせている。何故かうしろにはマントルピースがあって二階への階段はらせん階段になっているのだ。

自民党の方は、たいてい父親がロッキングチェアに腰を下ろしパイプをくゆらせている。その前の芝生の庭では長男が愛犬とたわむれ、父親の横には娘と手をつないでいる奥さんがにこにこ顔で立っている。日本人にとってのパイプには、どうもそんなイメージがあってぼくとしては困っている。

銀座（銀座以外にもあるが）には有名なパイプ屋さんがいくつかあるが、なんとなく高級な感じがあっていけない。だいたいパイプなんて労働者（労働者が下級という意味ではないが）が愛用していたもので、特別に気取ったものではないのだ。湘南の金持ちがベレー帽をかぶってガウンを着て、とやられてはたまらない。そういうパイプの愛用者に限って、あんがい日本料理店や寿司屋なんかでぷかぷかもくもくやっているようで、これではパイプ愛用者が嫌われても仕方のないことだろう。

憧れのパイプ、憧れの煙管

あさのあつこ

憧れのパイプ

それはそれは、昔のこと。

パイプが欲しくて堪らなかった一時期があった。成人してからではない。まだ十代の前半、中学生のころだ。海外ミステリー、特にシャーロック・ホームズに夢中になっていたわたしは、彼を真似てパイプとやらを吸ってみたかったのだ。長身痩軀の名探偵は、当時のわたしの憧れであり、パイプは彼の知性の象徴のように感じられた。

なぜ、パイプだったのだろう？　ホームズにまつわる品々なら他にもたくさんあったのに。たとえばステッキ、バイオリン、化学実験道具、ルーペ等々。なのに、なぜパイプだけに拘ったのだろう。

当時も今も、よくわからない。たぶん、わたしの周りにパイプを吸う大人が一人もいなかったからだろう。わたしの父は、たいそうな愛煙家だった。好奇心も人一倍強かった。新しがり屋でもあった。その父がほんの一時だが、ハバナ産の葉巻に凝ってぷかぷかやっていた。「あっこ、これはシガーちゅうもんじゃぞ」なんて、得意げに笑っていた。若いころの父は目鼻立ちがくっきりとしたなかなかの美男子であったから(わたしは、もろ母親似です)、シガーが似合わなくもなかった。ただし、一月もしないうちに元の紙巻煙草に戻ってしまったが(たぶん、値段のことで母に叱られたのでしょう)。

その父をしてもパイプは持っていなかった。パイプはわたしにとって遥か時空を越えた場所に存在する、憧れ。そう容易《たやす》くは触れられない物だったのだ。もっとも、わたしは次にエラリー・クイーンにはまり込み、タイプライターを習いたいと切に望んだりしたのだけれど。でも、今でもパイプの似合う男って、本物の大人だなぁと思う。むろん、周りにはただの一人も見当たらない。残念です。

憧れの煙管

前回、パイプについて書いた。書いた通り、パイプへの憧れは青春の思い出として残るけれど、実際、吸ったことはない。あまり目にしたこともない。ただし、煙管《きせる》ならリアルな記憶を一つ、二つ抱えている。わたしの生まれ故郷は山間の温泉町で、今でこそ少し寂しい状況となっているが、昔はそれなりに賑やかで、猥雑で、生き生きとした町だった。わたしは、昔のこの町の空気が好きで、今でも住んでいる（まぁ他にも諸々理由はあるのですが）。

わたしが子どものころ、町には芸者さんがたくさんいた。夜になると遠くから三味の音や都々逸が聞えてきたりしたものだ。祖母は小さな食堂を営んでいたから、置屋さんへの出前は度々だった。そういう場所に、子どものわたしがついて行くことはめったになかったが、稀に（店がものすごく忙しくて人手がたらないとき）丼やラーメンの器を引き取りに行かされたりした。そこで、何度かお姐さんたちが煙管で煙草を吸っている姿を目にしたのだ。その中に一人、とても美しい女性《ひと》がいた。年の頃は……幾つぐらいだったただろう。しどけなさも退廃の気配も微塵もなく、しゃんと背を伸ばし、とても静かに煙管を口にしていた。目元も口元も顔立ちも全体の雰囲気も、きりりと引き締まり、引き締まっているから美しかった。いなせなんて言葉を当時のわたしは知らなかったけれど、まさに玄人の粋そのものを感じ取れた。その人の長い指の中で燻し銀の煙管は、特別な工芸品か小刀のように見えた。あぁ、こういう人のために、煙管はあるのかと妙に納得したことを覚えている。もう、煙管を吸う人なんて僅かだろうし、煙管の似合う女人もめったにいないだろう。少し寂しい気がする。

煙管って女にこそ似合うのに。

色里の夢は煙《けぶり》か

杉浦日向子

キセルの雨

「何ときついものか、大門《おおもん》をぬっと面《つら》を出すと、中《なか》ノ町《ちょう》の両側から近付《ちかづき》の女郎の吸付たばこが雨の降るようナ」

ご存じ『助六』の一場面、俗に言う「キセルの雨」のくだりです。

野暮を承知で実況をすれば、江戸ッ子の花川戸助六が黒紋付に紫鉢巻という粋な拵《こしら》えで大門（吉原の入口）から一歩中へ入ると、両側に建並ぶ茶屋で客待ちをしている遊女が、目ざとく彼を見つけ「マア助六さん、一服おあんなんし」と吸付たばこを差し出すので、それをいちいち受取っているうちに、両手いっぱい紅羅《ら》宇《う》キセルとなり、ヤレヤレといったところで前述の台詞をのたまうのです。

山東京伝の吉原絵本『新造図彙《しんぞうずい》』に、五葉牡丹の紋（助六を示す）の付いた番傘へパラパラと細身のキセルが降る〈雨〉と題する一《ひと》コマがあります。脇の書入れには「中の町（茶屋のある大通り）の両側より降る雨なり」とあり、このシーンがいかにウケたかが良くわかります。

艶《えん》なる遊女から「～さん」と親しく名を呼ばれ、吸付たばこの一本も差し出されたならば、殿方は例外なく舞い上ってしまうことでしょう。それが、助六に及んでは、両手にあまるほどの「お振舞《ふるまい》」を受けるのですから、まさにケタ違いのモテ振りという訳です。

さて、スーパーヒーローの助六は別として一般庶民はどうだったかというと、大半は「素見《すけん》（又はヒヤカシ）」という手合《てあい》でした。これは登楼せずに、格子先だけをのぞいて歩くのです。それでも時には、吸付たばこを格子から差し出す遊女もあり、このたばこが飲みたくって、毎夜、吉原に通ったもんだそうです。

待つ身のつらさ

禿《かむろ》が先きへ煙草盆初会《しょかい》なり

色里で「初会」というのは、初めて来た客のことを言います。

初会の床入《とこい》りの時には、まず、禿（遊女の雑用をする七歳～十歳の少女）が煙草盆をささげ持って客の先導をし、二階の部屋へ案内をします。そうして、客と煙草盆を残して、皆々いずこともなく消えてしまいます。

高級な遊女ほど、客を長く待たせるのを、一種の見識としたようです。その間客は、「……たばこをのんだり、はなをかんだり、寝たり起きてみたり、あくび五、六十も夜着のうちにつつんで……」（山東京伝『傾城買四十八手《けいせいかい》』）長い長い時を過ごします。ようよう、ばたりばたりと上草履《うわぞうり》（遊女が履くフェルトを重ねたような厚い上履《うわばき》）の音がして、

「扨《さて》は今来おるなと、いそいできせるをはたき、夜着ひきかぶり、寝たふりをしていれば」（同前）——と客はすかさず狸寝入りをするのです。

なぜなら、まんじりともせずに起きて待っていたのを知られては、いかにも女欲しそうで格好《かっこう》が悪かったのです。

遊女が部屋に入り、ふと枕元を見ると、今はたいたたばこのふきがらが火入れの中にまだ煙っている。「狸」のことはバレてはいても「モシモシ」と声をかけます。

おきなんしなどと狸へよりかかり

——とコウなれば待った甲斐もあろうというものの、中には、

寝たふりを上手にしたでかたで（てんで）来ず

——と、朝まで狸のままの客もあったようです。

通人のパスポート

煙草入れとキセルを見れば、その人が、どのくらいの通人かがわかると言います。それだから、色里に通う遊客も、ことのほか持ち物には気をつかったようです。洒落本の名作『遊子《ゆうし》方言《ほうげん》』の中に、年上の遊び人がウブな息子に、先輩ぶってアドバイスをする場面があります。

「たばこ入は堀安《ほりやす》（袋物屋の名）で見て置いた。とんだ（とてつもなく）イヤ良い更紗《さらさ》がある。きせるは、どうしても住吉屋（上野にあった有名なキセル屋）が良いによ。とんだ良い型がある」

そして、たばこは「国分《こくぶ》」という、薩摩刻みの上等品と相場が決まっています。宮内好太郎氏の聞き書き『吉原夜話』に、明治時代の吉原芸者の話として、次のようなものがあります。

「(客に煙草をすすめられると）まず初めに煙草入れを結構に拝見して（ホメて）、それから一服頂戴、後に自分の帯の間から煙草入れを出して、お客様のおきせるに煙草をつめお返しするのが普通です。これあればこそでしょう、殿方が煙草入れ道楽をなさるので、芸者衆の方でも煙草には相当心をくばって、上等な品を吟味して買ってお座敷に出たものです」

なぜこんなにも人々はこの小道具にこだわったのでしょう。それは、たばこが初対面の「きっかけ」となるからです。

「まァたばこでも」と差し出された道具を見て、客の趣味や格を知る。客の方でも、相手の受け答えで様子を見る。

つまり、色里では、煙草入れとキセルがパスポートの役割をした訳です。

手練《てれん》手管《くだ》

遊女の使うキセルは、細身の紅羅宇の、見るからに色気のある拵えです。

これで、格子先から、例の吸付たばこで誘惑し、通りすぎる客のたもとをからめ取ったりもする訳で、いわば遊女の「手」のひとつでありました。

少し離れた煙草盆を引き寄せる、酔って悪くじゃれる客を制する、禿を追い立てる、背中をかく、それればかりではありません。思わぬ〈用事〉にも使われました。

遊女と客が深く馴れ染めると、お互いの腕に「〇〇サマ命」「××大切」などという〈彫り物〉をすることがあります。また、性格《たち》の良くない客に限って、無理矢理彫らせたがります。

ところが、コッチは〈商売〉ですから、ソウソウ一人の男に義理張ってはいられない場合もでてきます。そうした時に、彫った文字の上から熱いキセルをあてて、焼き消してしまうのです。

ふてえあま腕に火葬が二ツ三ツ——という句は、このことを指しているのですが、その「ふてえあま」となったのも、もともとは「ふてえ客」の為ゆえです。

「ふてえ客」も、おごれるものは久しからずのたとえの通り、月夜ばかりではありません。さて、その落ち行く先は、

「……しくじってしまえば羅宇のすげかえ、良くってソバの切り売り（屋台ソバ）」（洒落本『公大無多言』）とあります。

吉原は遊女三千人、三千本の長キセルがある訳ですから、羅宇屋も必要です。かつての馴染みの遊女の羅宇をすげかえる落ちぶれた若旦那もあったかもしれません。

葉タバコの記憶

安岡章太郎

最近またタバコが払底《ふってい》しているそうである。新生やバットはほとんどタバコ屋の店先で見掛けることがないという。それで憶い出すのだが、終戦直後、ピースが七円、コロナというのが十円で売り出された。

もちろん、そんな高価なタバコは、よほど金モウケのうまい人でなければ買うことができない。しかしタバコはどちらかといえば貧乏人にとってヨリ必要な嗜好品である。で、当時、失職していた僕と父とは庭先でタバコを栽培することにした。用意周到にも父は南方から引き揚げてくるとき、タバコのタネを茶筒にいっぱいもってきていたのである。

家の庭にはタバコのほかにナスだのキュウリだのさまざまな食べ物を植えてみたが、どれもあまり満足な生育はとげなかったなかで、このビルマから渡来したタバコばかりはなかなか発育がよく、ひと雨ごとにクキがのび、真っ青な葉をひろげて行った。……しかし僕らはあくまで不運であった。タバコの葉がちょうど、もう少しで収穫できそうになったある日、税務署の役人が近所の家々を訪問してまわっているというウワサがつたわってきた。財産税の対象になるものをイントクしてはいないか、というのだろう。

どうせわが家には財産らしいものは一つもない。その点では安心していられたが、ふとタバコが専売品であることに思い至り、これを見つけられては牢屋へ入れられるかもしれないと、父と二人で大いそぎで引き抜いて物置の中へかくした。それなり僕は自家製のタバコのことは忘れるともなく忘れていた……。

失職して僕らは全くすることもなく、毎日退屈しきって、身をもてあましていたのだが、こんなときほどタバコの吸いたくなることはない。一日に二本半の配給のものはとっくのむかしに吸いつくし、ないとなると、なおのこと吸いたい……。見ると、ふととなりの部屋からモウモウとタバコのけむりがただよってきたのだ。見ると、父がパイプを片手にウットリと眼を閉じている。

「お父さん、どうしました？」

「うん、これだ」

父はメンド臭そうに、ひとにぎりの青黒い粉を示した。——いつか引き抜いたタバコの葉が物置の中で吸いごろに乾いているという。僕もさっそくその青黒いタバコを一ぷくしておどろいた。ヒリヒリと痛いようなけむりが口いっぱいひろがって、とてものめたものではない。そのうち頭がグラグラするほど痛んできた。

「いや、これが本当のタバコさ。専売局のはイタドリが混ぜてあるから、こんなキキメはない」

と、父は平気な顔でけむりを吐きつづけていた。

それからほどなく、父は病床にたおれた。お金がないので医者にもかけられなかったが、悪寒がして吐き気をもよおし、ときどき茶色いヘドをはいた。酒が好きで、失職するまではひと晩に一升ビンを二本も三本も飲みほすほどであったから、そのむくいがきたものと思われた。

「お父さん、そのタバコをやめたら？」

僕は心配していったが、父は、かえって、

「もう、こうなったら、たのしみはこれだけじゃないか」

と、あいかわらず自家製のタバコをふかしつづけた。——これが、あと何日かつづいたら父は死んでしまったかもしれない。さいわい見舞いにやってきた父の古い友人が植物学の知識をもっていたので、やっとやめさせることができた。タバコは葉をそのまま吸ったのでは非常に有害な毒があり、何度も蒸したりふかしたりして毒を抜いたものでなければ吸ってはならない、ということだった。

「近年の豊作でタバコの葉はたくさんとれたが、まだその葉は使えない……」と専売公社の役人も、この父の友人と同じようなことをいって、新生とバットの不足を説明している。それが単なる言いのがれでないことはたしかであろう。けれどもタバコは貧乏なときほど吸いたいのである。そのことを大蔵大臣も役人もよく憶えておいて下さい。

煙草ぎらひ

堀口大學

僕は煙草を喫まない。だから、ピエエル・ルヰスの所謂、人類が発見した三千年以来たつた一つの新しい逸楽、喫煙の妙趣を解せないわけだ。質に於いても、量に於いても、さう沢山はない人生の快楽の重要な一つを逸するといふことは甚だ残念な事だと思つてゐる。だから、二十歳代の頃には、数度に渡って、煙草に親しむ為めの練習も努力もして見た。何時もチヨツキのポケツトに、シガレツト・ケイスを忘れずに入れて居たものだつたが、どうしても好きにはなれずにしまつた。この頃では、もう自分には一生煙草は好きになれないものと、諦めてゐる。

或る一定の量以上、煙草のけむりを含んだ空気を呼吸してゐると僕は早速、精神の爽快さを失つて来る。冬など、密閉した室内で多勢の人が集まつて喫煙してゐるところに居合せたりすると、積極的に苦痛を感じる。野球場のスタンドのやうな開放的な空気の中に居てさへも、近所に二三人愛煙家が居て、絶えずスパスパやつてゐられると、居たたまらなくなつて、逃げ出すやうな事がままある。冬の汽車旅行も僕には煙草のけむりの故につらいものになる。欧洲の汽車には、大抵の列車に、「煙草を喫まない人々の車室」といふのが付いてゐるので大いに助かつた。入つて来るのは、大てい婦人に限られてゐるが別に、「婦人室」として設けられてゐるのでないから、男が入つても構はないわけだ。

僕が、書斎の内部と及びその周囲に、さま〴〵な愛玩物、ことに植物だの動物だのを集めて、絶えず世話をしてゐないと、楽しく仕事が出来ないのも、煙草を喫まないといふこの習性から説明されると、自分では考へてゐる。仕事に疲れたり、飽いたりすると、僕は机から立ち上つて、目高や熱帯魚に餌をやつたり、サボテンに水をやつたり、薔薇の害虫を駆除したりする。つまり、煙草をたしなむ人なら一服やつて、元気をとりもどす所だらうと思ふ。そんなわけで、僕の書斎には何時も小鳥がゐたり、犬が居たりする。そして、これが僕の為めに煙草の代用をしてくれる。

尤も、僕が、花卉や、小動物を好きなのが、煙草を喫まないが為めばつかりではないことは、人間が煙草の必要などはまだまるで感じない筈の十二三歳の頃から、毎夏二十鉢近くの大輪朝顔を作つたり、その頃はまだ珍らしい西洋花卉であつた球根植物に夢中になつたりした事でも解るが、ただ、今日までその少年時代からの好みをやめずに、続けてゐる点を、煙草を喫まない習性に負ふてゐるのだと自分では思つてゐる。

僕は今、習性と書いたが、これは、習癖と訂正した方がよいかも知れない。今日、男子で、病人でもない限り、煙草をたしなまないなぞ云ふことは、正に奇癖の一つとして、世人の目をみはらせる力を持つてゐるからである。「煙草は召上りませんのですか?」といふ、いとも訝げな質問に対して、「はいいたゞきません」と答へたりすると、大ていの人が、珍奇な動物でも眺める時のやうな、あの驚きの表情を示さないといふためしがない。

喫煙、又の名は、現代人に最もポピユラアな逸楽!

II

煙草の害について

谷川俊太郎

公園に吸殻を散らかし
家じゅうに灰を落し
ズボンに焼焦をつくり
空気をよごし
ライターに無駄金を使い
爪も歯もきいろく染め
風邪をこじらせ
あげくの果に肺ガンになり
いいことは何ひとつないのに
世界じゅうの人間が
国境を問わず人種を問わず好むという
人間の人間らしさのおろかな証し……

だが私はとりわけこうした
非衛生的な人類というやつがいとしい

嫌煙

なぎら健壱

喫煙のマナーに対してうるさく言われるようになったのは、いつ頃だっただろうか？　5年前、いや、すでに10年以上になるか？　公共の場などでの喫煙に対してのダメ出しが声高に言われるようになり、いずれそれが徹底されてきた。おそらく最初から、いろいろ規制をされたとしていたら、マナーの徹底は遅れたのではなかろうか。徐々に、つまりこれが功をそうしたに違いない。

とにかくいつの間にかそれが当たり前になり、ハッキリ言って喫煙者のマナーは向上した。これだけの短期間で、マナーが徹底された国というのは諸外国でも珍しいと言われている。その徹底さが先進国のバロメーターだと言われているが、(嫌煙者の意見とも言われているが) 先進国であるあの大国もあの大国も、まだまだ喫煙に関しては大らかである。大らかといえば聞こえはいいですがね……。

しかし、実際マナーはよくなった。いや、よくなったと思われる。と、いうのも、嫌煙者から言わせれば、「まだまだ」ってなことになるでしょうからね。しかしひと昔、ふた昔前から考えたら隔世の感がある。

駅のホームなんてのは、喫煙所の際たるものであった。昔の朝のホームの写真をごらんなさい、ほとんどの人がタバコをくゆらせている。で、そのタバコの始末はというと、灰皿なんぞは無縁で、線路上に投げ捨てていた。線路上に無数の吸い殻が落ちている、そんな光景は当たり前のものとしてあった。煙の逃げ場がない、地下鉄のホームにだって灰皿がありましたもん。

それが今では、灰皿が置いてある場所でしか吸えなくなってしまっている。新幹線のホームでも、一カ所か二カ所に灰皿が置かれているだけ。あるいは、隔離されたようなシェルターもどきの喫煙所が設けられている。みんなちゃんとそこで喫煙しているから偉い。大きな駅周辺も、空港も然りである。

昔は電車の中だって吸っていた。ちょっとした遠距離列車なんつうものには、ちゃんと灰皿が付いていた。ところが、灰皿の付いていない、たとえば山手線なんぞでも吸っているオヤジがいた。いやいや、オヤジだけではありませんよ、ツッパラかった高校生あたりもタバコを吹かしていた。注意されると、それが反抗の証しだとばかりに、すごんだ態度でガンを飛ばしていた。今は見ないやね〜、学生服でタバコを吹かしているヤツって。もっとも学生服ってのもほとんど見なくなりましたがね。

そう言えば、映画館でもタバコの煙が蔓延していた。映写に支障をきたすし、消防法もあったのだろうが、どこ吹く風であった。壁には「禁煙」の文字があったが、封切館はともかく、三本立ての映画館なんぞは映写機から出る光が煙の中でくっきり浮かび上がるほどの案配であった。

映画といえば、映画の中でもタバコを吸うシーンをほとんど見かけなくなった。昔の映画で新聞社や警察署が映し出されると、吸い殻が山のようになった灰皿が小道具として当たり前にあったし、登場人物もタバコをくわえていた。そういえば、最近のテレビドラマからもタバコが消えてしまった。演出の一環としてタバコが存在していたが、今はタバコを吸うシーンはご法度となった。嫌煙に対して一家言を持っている人からのクレームを回避するためであろうか？　タバコは「歩くアクセサリー」ってな宣伝文句もあったんですけどね。

ハリウッドなどでは、リメイク時に編集で煙草を吸うシーンをカットしたり、ＣＧで消したりしているという。しかし、往時を扱った映画の中でタバコのシーンをカットするというのは、風俗文化の欠落といえるんじゃないですかね？　待てよ、文化なんぞと語ると怒られるのかな？　しかし、本当にあったものを消滅させるのは、文化人のやることではない。カットしたり消したりしたところで、真実はカットも消滅も出来ない。

さてあたしは禁煙者か、はたまた喫煙者か、ここでそれを言うと野暮になるので、あえて言いませんがね……。

けむたい話

山田風太郎

漱石と弟子の森田草平がレストランにはいった。食事後、二人がタバコに火をつけると、となりのテーブルにいた西洋婦人たちが、ながれてくる煙に顔をしかめて、こちらをむいて非難の声を投げた。草平がそのことを漱石に告げると、漱石は、「ありゃアメリカの女だろう。イギリスじゃいいんだよ」といって、平気な顔でタバコを吹かしていた。……という挿話が草平の想い出のなかにある。

明治末か大正のはじめのころの話だと思われるが、いま同様の場面におかれたら、漱石先生も平気な顔ではいられまい。

現代の禁煙運動の嵐? は、むろん健康上の問題が理由だが、その風もとはアメリカにある。八十年も昔から、アメリカ人はそんな徴候を見せていたのか、と思う。だいたいアメリカ人というのは明朗寛大な国民性なのに、ときどき途方もない狂熱に憑《つ》かれることがある。禁酒法などがその例で、このごろの禁煙運動もそのデンだろう、と横目で見ていたら、だんだん運動がほんものになって、最近は航空機の国内線はすべて禁煙になったという。

それが日本にも及んで、いまどこかへいってタバコをとり出そうとすると、どこでも目の前に禁煙の札がぶら下がっているような感じがする。

公共の場所ばかりじゃない。さきごろも私は甲州を旅していて、あるそば屋にはいった。それはホントにホントのそばを客に提供するために、わざわざ東京から甲州の畑のなかに移転したという有名なそば屋で、出すのはもりだけ、これを客たちは粛々とおしいただいて頂戴するのだが、さて賞味したあとふと壁を見たら、「禁煙」と書いてあったので驚いた。

――これなんか、少しやりすぎじゃあないでしょうかなあ？

とにかく私みたいに呼吸の代りにタバコをのんでいる人間には当惑のきわみで、日本人は徳川家康のころからタバコをのんできたんだ、といいたくなるが、タバコは肺ガンの元凶である。のむ当人は自業自得として、はたの人間にもその害毒を及ぼす、と切口上でいわれればグーの音も出ない。

医者のすべてがそうタイコ判をおすのだから、その論にまあまちがいはあるまい。

それでも――かくれ切支丹がマリア像にたく香煙のごとく、自分の穴のなかで紫煙をけぶらせつつ、強情な私はなおあれこれと考えるのである。漱石はそのけむりを

「哲学のけむり」といった。

ほんのこのあいだまで、紫外線は健康のもととして日光浴が奨励された。ところがいまでは、紫外線はヒフを老化させ、それどころかヒフガンの元凶であるという。また、ほんのこのあいだまで、はげしい運動中に水をのむのはかえって体力を消耗させるとして禁じられていたが、いまではそれは脱水症状をひき起すといって、マラソンでもコースのいたるところにドリンクが用意されている。

日常の健康法のみならず、病気の治療法でも、たとえば昔は肝臓病に蛋白質はいかんといわれていたが、いまは蛋白質を多く与えたほうが回復がはやいといわれている。また肉のアブラミはコレステロールのもとと長くいわれてきたのに、このごろはアブラミこそコレステロールを溶かす作用があるという説が出てきた。その他治療法が逆転した例はほかにも数々ある。

昔の名医が、そのころの「医学的迷信」を大まじめに確信して、おごそかな顔で治療にあたっていたのを思うと可笑しい。

現代ではそんな医学的迷信は一掃されたかというと、この種の迷信はいかなる宗教よりも人をとらえやすいとみえて、いまでもいろいろとかたちを変えて出没する。

脳下垂体移植とか紅茶キノコとかクコ茶とか、そんなに効くならいまでもどこかでだれかやっていそうなものだが、ほとんど一、二年の流行で、たちまちあとかたもなく消滅していった。

いわゆる健康雑誌の広告など見ると、この世のありとあらゆるものが健康法の材料になっているようだから、それなら私だって、タクアン健康法、サツマイモ健康法、コンニャク健康法なんて本が一冊ずつ書ける、と笑ったことがある。

好ききらいは別として、栄養学的にはまったく無価値な例をあげたつもりであったが、さてその後タクアンにはヌカのビタミンBが、サツマイモにはビタミンCが、コンニャクには整腸作用のあるグルコマンナンというものが豊富にふくまれているときかされて、わけがわからなくなった。


かと思うと、ホーレン草は鉄分をふくんでいるから身体にいいときかされてきたが、シュウ酸カルシュームもふくんでいるので結石を作りやすいといわれ、ふだんあまり水分をとりすぎると消化液がうすまるという医者があるかと思うと、水分は結石を小さいうちおしながすから、できるだけたくさん水をのめという医者もいる。

要するに、人事すべてのごとく、食物でも健康法でも、ひとつのプラスあればひとつのマイナスあり、あちらを立てればこちらが立たず、ということがあるらしい。

……というようなわけで、何がドクで何がクスリなのか、知れたものではないのである。

そこで、です。タバコにも何か効用はありはしないか。

タバコは実はかくかくの作用があって、当人や他人の健康は害するけれども、遺伝的には天才や美人を生むことが多い、なんて新説が将来出てきやしないか。

など、頭をひねるのだが、やっぱりダメですか。

そこで、ヤケクソでまた考えるのである。タバコを禁じて肺ガンが減少すると、この世はみるみるぼけ老人で充満するようになるぞ、この地球上に、いままでどころじゃない、救いようのない地獄がはじまるぞ、それを承知でタバコのみを弾圧しているのか、と。

タバコのみの最後っぺか。

たばこ

常盤新平

■南のはてのノーフォーク・アイランドという小島に旅してきた妻が、土産にオーストラリア製の鞄とたばこをくれた。私は鞄類が大好きであるが、これはまぎれもない老化現象であるという。

オーストラリア製のたばこは強くてうまかった。二十五本入りの箱には、「喫煙は肺ガンを引き起こす」と印刷した紙が貼りつけてあって、その活字が恐ろしいほどに大きい。手にとるのがためらわれる。

■たばこはいまやいたるところで毛嫌いされている。ある小人数の集まりにおくれて顔を出したところ、たばこなんて百害あって一利なしですよと叫んでいる人がいた。高名な大学教授である。彼はそう言いながら、いまいましげに葉巻を吸っていた。

■ニューヨークでは三十五席以上のバーやレストランが禁煙になったそうである。レストランのオーナーたちは全面的な禁煙に不満を表明していると、たばこが好きな友人が手紙をくれた。サービス業なのだから、いちがいに喫煙を禁じるのはいかがなものか、と友人も面白くなさそうである。

友人が行きつけの小ぢんまりとしたバー・アンド・レストランは、法律違反にならないよう席を三十四に減らしたそうだ。友人は毎晩のようにここで食事をとり酒を飲み、たばこを吸う。

けれども、あるコーヒーショップのおやじは友人にこぼした。この店はテラスでコーヒーやビールも飲めるのだが、席が三十五を超えるので、喫煙はいけない。

「ニューヨークでは歩道に立ったり歩いたりして、たばこを吸うのは許されるのに、すわっていたら禁煙というのはどういうわけかね」

■ひと月ほど前のニューヨーク・タイムズに、各界の名士たちが集まったパーティの模様を伝える記事が載った。その会場のかたすみで大富豪とひと目でわかる老紳士が悠然とたばこを吸っていた。そこへ長いシガレット・ホルダーを手にした淑女がやってきて、老紳士に話しかけた。

「不便な世の中になりましたわね。ここそこたばこを吸わなければならないなんて」

「いや、まったく、マダム」

と老紳士は悠然と答えた。

「とくに機内は禁煙で困りますわ」

「いや、ごもっとも」

「何か名案はないものでしょうか」

「私はね、マダム、しょうがないから旅行用のジェット機を買いましたよ」

■先日、喫煙車のなかで老人が車掌をつかまえて、しきりに文句を言っていた。なぜ禁煙にしないかと抗議しているのだった。そのうちに車内のあちこちから紫煙がゆらゆらと立ちのぼりはじめた。私のとなりで眠っていた青年も目をさまして、ポケットからたばこをとりだして火をつけた。

■オーストラリア製のたばこは、私ひとりで吸うのはもったいないと思い、妻にもすすめている。娘たちが幼かったころ、たばこの煙で輪をつくってみせると、彼女たちは手を打ってよろこんだものだ。いまは親の喫煙に白い目を向け、わざとのように手を振って煙を追いはらう。

喫煙

別役実

煙草を喫うことは、嫌われてはいるが禁止されてはいない。従ってそれは、周囲のものに対する「いやがらせ」にはなるが、国法に対する「反逆」にはならない。新たに煙草を喫おうとする場合、今ひとつそこにはずみがつかないのは、このせいであろう。

周囲のものに「いやがらせ」をすることも、時と場合によっては楽しいものであるが、「喫いはじめるぞ」と決意させるための動機としては、こころざしが低すぎる。「たとえ肺癌になっても」という障害を乗りこえなければならないのであるから、やはりこの動機には、天下国家に相渉る雄大さが、求められてしかるべきであろう。

もちろん未成年の場合は、喫煙行為は禁止されているから、その年齢でこれをはじめることになれば「国禁を犯す」ことになるのだが、実際にはさほどのことはない。教師か親父に見つかって、「おい、よせ」と言われるくらいのものなのだ。

ここはひとつ、「日本たばこ産業株式会社」が一大キャンペーンを展開し、国法で禁止しないまでも、煙草というものを阿片並みの凶々しいイメージに、仕立てあげる必要があるだろう。そうしてこそ、「よし、喫いはじめるぞ」と決意した時、身の震えるような興奮を覚えるのであり、何かしら境界をひとつ、越えた気分になれるのである。そして恐らく、そのようにして喫った煙草はうまい。「肺癌になる」という程度のリスクを付与して、安心していてはいけない。肺癌になったところで、人よりちょっと早く死ぬだけなのだ。ひるがえって阿片のことを考えてみるがいい。これは中毒となり、控えれば禁断症状を起し、続ければ「生きながら廃人となる」のである。誰が考え出したのか知らないが、この方がイメージとしてははるかに強烈であり、怖い。これだったら「やめろ」という言い方にも、思わず力が入るであろう。

もちろん実際に煙草に、それほどの能力がなくても、それはちっともかまわない。むしろその方が、現在煙草を喫っている身にとっては、好都合なくらいである。ただ、周囲のものが皆このことを信じ、我々が煙草に火をつけた時、思わずギョッとした目で見てくれるようになれば、こちらも喫いがいがあるというものだ。

ともかく、現在はまだそういうことになっていないから、煙草を「喫わない」ことから「喫う」ことへの過程は、どんな境界を越えたという感触もなく、極めてふしだらに連続している。従ってどの喫煙者に、「君はいつごろから、どんなキッカケで喫いはじめたんだい」と質問しても、明解な答えは返ってこない。「さあ」と言って、ちょっと考えるふりをし、「いつの間にか、何となく喫いはじめていたなあ」と言うくらいのものなのだ。

当然ながら、これではいけない。これでは、あまりにもふしだらである。得体の知れない草の葉に火をつけ、その煙を口から吸いこんで鼻から出すという、この奇怪な文化行為を、ほかならぬ人間がするということの感動が、そこには感じられない。これだったら、煙草なんか喫わない方がいいくらいのものだ。

そこで、向う側がこの行為を劇的なものにしてくれる気がない以上、こちら側でそれをそうする工夫をしなければならない。つまり、喫煙行為を開始するに当って、「もし彼女にふられたら、喫いはじめることにしよう」というような、条件を作るのである。そして、「嫌いよ」と言われたとたんに、煙草に火をつける。これだったら、後に誰に聞かれても、「実は三十三歳の時、失恋がキッカケで喫いはじめてね」と、すらすら答えることが出来るし、その行為を、自分自身の人生のダイナミズムの内に折りこむことが出来る。

もちろん、「嫌いよ」と言われなかったら、喫煙開始のキッカケを失うことになるのであるが、その場合は「結婚出来なかったら」とか、「子供が生れなかったら」とか、「離婚することになったら」とか、それを順に先延ばしにすればいいのである。

当然、結婚して、子供も生れ、離婚はせず、失業もしなかったとなると、一生煙草を喫わないで死ぬことになるかもしれないが、それはそれでかまわない。煙草なんて、どうしても喫わなければいけないものではないからだ。

ただ、もし喫うなら、その喫いはじめのキッカケを劇的なものにしておくことが、その後の喫煙行為を充実させるためにもいいことである、ということを私は言っているのである。前述したように喫煙行為は嫌われているから、そのキッカケとなった出来事の中に、よほど重要な人生上の意味が折りこまれていないと、すぐ気弱に「やめようか」という気分にさせられてしまう。現在の禁煙者の多くが（我々はこれを「裏切者」と呼んでいるが）いずれもふしだらに喫煙行為を開始したものであるという事実が、この間のいきさつをよく物語っていると言えよう。

もちろん、何のキッカケもなくふしだらに喫煙行為を開始しながら、今のところまだ何とかそれを続けており、「裏切者」にだけはなりたくない、というものがいる。この場合は、今からでもかまわないから、「実は二十三歳の時、母が死んでね」というように、そのキッカケとなるべき事実をデッチあげることを、お勧めする。当然、母親がまだ死んでない場合はよした方がいいが、死んでいる場合は別にそれが「二十三歳の時」でなくても、ちっともかまわない。何度か言っているうちに、自分でもその気になってくるし、それがまた母親への供養にもなるのである。

人間は、セックスを体験する前の段階と、した後の段階では、質的に違うと言われているが、同じことが喫煙を体験する前と後でも言えなければならない。ただし喫煙の場合は、受身でいては何も感じとれないから、そこにひとつ、何らかの工夫をする必要があるというわけだ。そうでなければ人間というものは本来気弱なものであるから他人に迷惑をかけているということに耐えられない。

たばこ規制に考える

池田晶子

たばこへの規制が、国際的により強化されると聞いた。屋外広告の禁止、箱にその有害性を明記することなどである。イギリスでは、公共の場所での喫煙を全面的に禁止するか否か、パブで一服は人生の楽しみ、それすら許されないのかと論議を呼んでいるらしい。我が国ではどうなるか。

私はたばこを喫まないので、個人的には望ましいという感想をもつ。けれども、喉を痛めてやめる以前は、嗜む程度は喫んでいたのでわかるのだが、満ち足りた食事のあとの一服、あれはけっこうなものですね。ブランデーかマールのような濃く香るヤツと、あるいは一口のエスプレッソでもよろしいものかと。

だから、あのような人生の至福のひとときを、法の力で規制するのは如何なものかと同情はする。しかし一方で、ここで言わせて頂くが、公共の場所すなわち路上での歩きたばこは絶対禁止せよとは、かねがね思っている。飼っているのが大きな犬なので、人が指先に下げたたばこがちょうど眼の高さにくる。眼に入ったらどうするか。

吸いながら歩いている人の後ろを歩くのは、本当に気を遣う。小さな子供を連れている人は皆同じだろう。新調したばかりのコートの袖に、焼け焦げを作られたこともある。どうしてくれる。ついでに言うなら、若い女性の歩きたばこ、あれはみっともない。かっこいいつもりなのだろう。しかし、ああいうのは、ジャンヌ・モローがパリの街角でするからサマになるのである。そうでなければ、どこの馬の骨がである。気がついていないようなので、一言。

それはさておき、問題は愛煙家の「権利」である。個人の楽しみがなぜ法により規制されなければならないか。これはつまり、愛煙家の権利が、嫌煙家の権利よりも正当なものでないと見なされたということだろう。個人が健康に生きる権利は、他の個人により侵害されてはならない。根底にあるのは、権利である。これは愛煙家には分が悪い。しかし私は、なべてこの「権利」というものの考え方に、違和感をもつ者である。

何人も健康にその生命を全うする権利がある。これは天与の権利であると言われている。この「天与」が、私には釈然としないのである。「天」すなわち自然の事実とは、人は、生きる時には生きるであろうし、死ぬ時には死ぬであろう、ただそれだけのことである。私には生命を全うする権利があると、天に向かって直訴したとて、やっぱり人は、死ぬ時には死ぬのである。何をもって「健康」としているのかも、よくわからない。生きることを自然とするなら、病気になるのも自然であろう。その自然を不健康として排除するのは人為である。健康に生きることを天与の権利と決めたのは、天ではなくて、あくまでも人間なのである。

もっとも、この、「天と人」というのも、よく考えると、よくわからない。どこまでが天で、どこからが人なのか。人間を創ったのは、他でもないその天である。様々な人為的観念を産出している人間を産出したのは天である。だとすると、天も人も、本当のところはないのではなかろうか。

このようなことを飽かず考えるのは、少なくとも私にとっては、この人生における ひとつの快楽である。このようなことを考えることをせずに、この人生で何をすることがあるのかとも感じる。私が、「権利」を唱える人々に違和感を覚えるのも、同じ理由による。健康に生きることは権利だ。しかし、その「生きる」とはそもどういうことであるのかを、あなたは考えたことがありますか。

たばこを喫まず、酒も飲まず、野菜ばかり食べてジムへ通う。そういうツルンとした人々の姿が浮かぶ。彼らはそれを「ナチュラルライフ」と呼ぶ。すなわち自然的人生であると。なるほど、けっこう。で、何のための人生なのですか。健康に生きるために健康に生きる、その健康な人生は何のためのものなのですか。

「生きているから生きている」、そう言えるようになった時、人は本当に健康になるのではなかろうか。

喫煙の起源について。

内田樹

喫煙習慣について、あまり知られていない事実がひとつある。それは「タバコは見ず知らずの人から貰ってもよい」ということである。

例えば、居酒屋で隣に座った見知らぬ人に向かって、「あの、その焼き鳥1本頂けますか？」と言う人間はまずいないが、タバコを切らした時に「あの、1本頂けますか？」と申し出るのはそれほど非礼なこととは見なされない。それは、見知らぬ隣の人から「ま、どうぞ」と一献差し出された時に、「知らない人からお酒を頂く義理はありません」と拒むことが非礼とされるのと対をなしている。

これは献酬や喫煙が、起源的に「共同体立ち上げの儀礼」であったことの名残をとどめている遺習ではないかと私は考えている。

知られている限り、液体または気体を共有するという友好儀礼を持たない社会集団は存在しない。液体や気体は本来分割しえないものである。分割しえないものは私的に所有できない。だから、「分割しえないものを共有する」儀礼を通じて、おそらく私たちの遠い祖先は「仲間であること」の確認を行ったのである。

宴席でビールが飲みたい時には、隣の人のグラスにまず注ぎ、相手が「あ、気がつきませんで……」と言って、ビール瓶を奪い取って私のグラスに注ぎ返すのを待つのが大人のマナーである。自分が欲するものは他者から与えられることでしか手に入れることができない。このルールを内面化したことで人類は類人猿と分岐した。私たちが言語や親族組織や貨幣を創り出したのは、このルールに基づいてのことである。

喫煙や飲酒が共同体の「フルメンバー」にしか許されないのは、医者が言うように、それが子供の健康を害するからではない（明らかに子供の心身の健康を害するもので社会的に公認されているものは、市場には無数に存在する。例えば、TVゲームやジャンクフードや核家族がそうだ）。それは、成人しか参列が許されなかった、「分割しえないものを分かち合う」儀礼の起源の名残をとどめているからである。

私たちの社会からはすでに献酬の習慣が消えた。今また喫煙の習慣も消えようとしている。おそらく、遠からず応接室でお茶を供する習慣も、宴席で隣人のグラスに酒を注ぐ習慣も、煩瑣《はんさ》だから、無意味だから、あるいは健康に悪いからという理由で消えていくことだろう。けれども、共同体の存続よりも個人の健康を優先する人々が支配的になる社会において、人が今より幸福になると、私にはどうしても思えない。

煙管《キセル》の雨がやむとき

柳家喬太郎

だからさ、食いさがるなよ。俺いっぺん、断ったじゃんよ。

そりゃ確かに俺は煙草喫《の》みますよ。でもさ、愛煙家なんて恰好のいいもんじゃないんだ。単なる喫煙者なんだ。パイプくゆらす訳でもないし、上等なライターも持たないし、洋モクも吸わないし渋い銘柄を好む訳でもない。百円ライターでマイルドセブンワンですよ。『愛煙家通信』に寄稿するなんて、おこがましいでしょうよ。

だから俺断ったのに、編集さん、なんか食いさがるからさ、まぁそれはそれで有難いことだよな……と思い直して、今こうして原稿書いてるけどさ。やっぱさ、まずいんじゃないかなー……と思うわけですよ。

だって俺、煙草やめようと思ってんだもん。

酒も呑むんですけどね、酒抜くのは平気。月に十二、三日は抜いてるし、家じゃ呑まない。

けど煙草はやめられない。やめようとは思ってるんだけど、やめられない。なぜやめられないかというと、喫煙者の常で単純にやめられない。家に何個かあるライターのガスを全部使い切ったらやめようとは思っているのだけど、いま現在、すぐにやめようという努力もしていない。

ただもう一つ、やめられない理由がある。

今やめると、屈した気がするからだ。

現在の嫌煙禁煙運動の過熱ぶりは、いかがなものか、ちょいとばかりヒステリックに過ぎないか。中世ヨーロッパの魔女狩りかと言ったら言い過ぎかもしれないが、煙草喫みからすれば、もはや殆《ほとん》ど迫害である。

確かに、今まで喫煙者が大手を振ってのさばってきて、煙を好まない方々が、ずっと我慢を強いられてきた……ということは、あると思う。喉が弱いとか、肺があまりよくないとか、そうでなくとも例えば何らかの疾患をお持ちの方にとっては尚更《なおさら》のこと。今まで我慢に我慢を重ねてきたが、今やっと嫌煙禁煙を正面から、声高に叫べる時代になって、その運動に拍車がかかるのも、当然と言えば当然だ。

煙の問題ばかりではない。マナーもそうだ。世間一般が煙草に対して寛容だった頃、我々喫煙者は当り前のように吸殻のポイ捨てをしていた。今更ながら、ありゃ良くない。携帯用の灰皿を考案した人は、エラいと思う。

ポイ捨て自体良くないが、捨てた煙草を足で踏んで消すこともせず、火が点《つ》いたまま放置していくヤツがいる。今でもいる。こないだも半蔵門で見かけた。火事でも起こしたらどうすんだ。

もっと腹が立つのが、火の点いた煙草を指に挟んで、普通に腕を振りながら歩いているヤツだ。子供の目に入って、失明でもしたらどうすんだ。テメエ責任とれんのか。僕も昔、池袋の街で、そういう輩《やから》の煙草の火が、手の甲に触れたことがある。思わず「熱ちッ」と言ったら、そいつは「あ」と呟いて、謝りもしないで立ち去りやがった。ふざけんなってんだコノヤロー。

煙草とは関係ないけど、ついでだから言わせてもらう。長い傘を地面に水平に……つまり自分の体と直角に握って、平気で前後に振りながら歩く人がちょくちょくいる。老若男女関係ないが、比率としてはオジサンに多い。あれ、やめてもらえませんか。危なくってしょうがない。いくらなんでも無神経なんじゃありませんか、ねぇダンナ。

いささか話が横道にそれたが、だから今の風潮で、喫煙者のマナーが向上するのなら、それはとても良いことである。

別にいい子ちゃんぶってるつもりはない。ただ、この御時世で煙草を喫んでる我々が、マナーを守らなかったら、尚一層住みにくくなるじゃありませんか。自分で自分の首を絞めるような真似はやめましょうよ。「煙草吸ってもよろしいですか？」くらいの一言、スッと言えるようになりましょうよ。チャリンコ乗りながらのくわえ煙草も、もうよそうぜ。

だから、分煙には大賛成だ。

不快に感じる人に煙を吸わせる事はない。

だが煙草を吸いたい我々にも、煙草を吸う権利を与えて欲しい。せめて喫煙コーナーを設けて欲しい。ちょこちょこあるにはあるけれど、無いところには徹底して無い。どこもかしこも全面禁煙てのは、いくらなんでも厳し過ぎるんじゃないですか。

ねぇ、タクシーの組合の偉い人、三割くらいでいいから、喫煙の車を復活させてもらえませんか。ＪＲ東日本さんよ、ＪＲ東海みたいに、喫煙ルームが付いた新幹線、走らせてもらえませんか。飛行機はいいよ、空の密室なんだから我慢する。けど陸路の長距離、東京―秋田の四時間が全面禁煙てのはさ、ちょっと厳しいんじゃねぇのかな。厳しいといやぁ神奈川県だよ。きっとあそこはまだまだ厳しくする気だよ。書店あたりにも手を回して、『愛煙家通信』なんて本は売らせせない！　ぐらいの勢いなんじゃないスかね。

それに何が下らないったって、聞くところによるとアレですって？　新規に撮られる映画では、喫煙のシーンがだんだん無くなってるんですって？

なんだそりゃ。そんなに健全にしてどうすんだ。いやむしろ、それは不健全なんじゃないのかな。


……でも、どんどん進んでいくのかな、こういう風潮。映画ばかりがターゲットじゃない。他の文化、芸能も、煙草は悪だの烙印《らくいん》が、次第次第に押されてゆくのだ。

歌舞伎でも、『助六由縁江戸桜《すけろくゆかりのえどざくら》』は上演禁止の演目になる、「煙管《キセル》の雨が降るようだ」なんて台詞《セリフ》は、もっての外《ほか》だ。

花魁《おいらん》の吸い付け煙草なんぞは、悪の象徴だから、廓《くるわ》が出てくる芝居は、全面禁止。『与話情浮名横櫛《よわなさけうきなのよこぐし》』も『髪結新三《かみゆいしんざ》』も何もかも、煙管を使う演出は廃《すた》れてゆく。石川五右衛門も煙管を持つことは許されない。

歌舞伎ばかりではない。つかこうへいの名作『熱海殺人事件』も、主人公の〝くわえ煙草伝兵衛〟が引っ掛かって、二度と上演されなくなる。チェーホフの『煙草の害について』は、本当に題名通りの内容に書き換えられ、上演を推奨される。

歌もそうだ。『スモーキン・ブギ』『プカプカ』『うそ』『ベッドで煙草を吸わないで』『タバコショウカ』なんて曲は、放送禁止、演奏禁止だ。他にもだ。まだまだだ。落語も『長短』『花見の仇討《あだうち》』『あくび指南』『莨《たばこ》の火』『三枚起請《きしよう》』その他、好ましくない噺《はなし》は沢山ある。戦時中の禁演落語の復活だ。ネタはどんどん葬られてゆく。

そんな中、かつての文化を懐かしむ人々は、隠れキリシタンのように地下の一室に集い、あの頃を偲《しの》んで秘密の上映会を開くのだ。

映画は『シェーン』。ラストの台詞、

「シェーン！　カムバークッ！」

を、

「紫煙！　カムバークッ！」

に置き換え、むせび泣くのである。

そして、『愛煙家通信』は当然の如く発禁となり、発行者、編集者、執筆者は全員逮捕され、読者は罰金を科せられる。バックナンバーは、闇で高値で取り引きされるのだ。

……そんな風になりそうだからさ、今煙草やめると、何かに屈したようで、嫌なのよ。

でもやめるけどね、そのうち。正確には、やめたいと思ってるんですけどね。

つか禁煙ぐらい、圧力じゃなくて、自由にやらせてくれよ。


〈追記〉

本書に拙文も収録して下さるというので、久し振りに読み返してみました。

あぁこの原稿を書いた頃は、メビウスワンはまだマイルドセブンワンだったのですね。つい二、三年前に書いたつもりでいたけれど、ずいぶん経っているんだなぁ。JR東海の喫煙ルームだって、とっくに廃止されていますしね。光陰矢の如し、ですな。

僕自身にも変化がありまして、実は煙草を辞めました。十二指腸潰瘍で入院しまして、それを機に禁煙しました。今でもふと煙草を吸いたくなりますが、無理なく我慢できています。どうやらこのまま、吸わずに生きていけそうです。

でもね、現役喫煙者の仲間や知人に、煙草を辞めた事を伝えると、みんな、ふっと寂しそうな顔をします。「兄《あに》さん、マジでショックです……」ってメールをくれた仲間もいました。裏切られたような気になるんでしょうね。わかります、僕も吸ってた頃、同じように思いましたから。

喫煙者の皆さん、ごめんなさい。柳家喬太郎は裏切り者です。ただ、世の中を全面的に禁煙にしろとは、思いません。拙文にも記した通り、分煙大賛成派です。喫煙者も非喫煙者も、仲良く共存できる世の中が理想ですよね。世間が完全に禁煙になっちまったら、この本、絶版にだってそうじゃありませんか。なっちまいますから。

III

タバコをやめる方法

安部公房

なぜタバコが吸いたくなるのだろう。いったん喫煙の癖がついてしまうと、なぜやめられないのだろう。一般には薬物中毒の一種だと考えられている。たしかにタバコにはタールやニコチンなどの有害物質がふくまれていて、それを承知で吸うのだから、アルコールや麻薬の中毒と同一視されても仕方がない。ぼく自身ながいあいだ喫煙の悪癖をニコチン中毒だと決めこんでいた。だがよく考えてみると、何か本質的な相違があるような気もしてくるのだ。第一タバコにはこれと言った禁断症状がない。麻薬やアルコールの中毒患者の場合だと、しばしば夜中に跳ね起きて机の引き出しや冷蔵庫のなかを引っ掻きまわしたりする。しかし一時間ごとに最低一本吸わずにいられない常習者でも、熟睡中に目を覚してタバコに手をのばすことはまずないだろう。それにタバコが麻薬やアルコールのような人格障害を引き起した例もまだ耳にしたことがない。癌や心臓病の原因になることはあっても、精神に影響を及ぼすほどのものでないことは確かなようである。

さらに奇妙な性質がある。習慣化するにつれて本数が増えることはあっても、より刺激の強い銘柄に変更することはめったにないのだ。むしろマイルドなものを選ぶ傾向がある。いったんマイルドな味を覚えると、ためらわずにそちらを常用しはじめる。だいたい刺激の強いものほど値段が安く、マイルドなものほど値が張るのも、こうしたタバコのみの心理にたくみに便乗した商法だと言えるだろう。喫煙者が欲しているのはタバコそのものであって、その中に含まれているニコチンやタールだけではなさそうだ。

べつにタバコ無害説を主張しようとしているわけではない。なにしろ紙の煙突をつくり、不完全燃焼させた煙を効率よく吸引してしまうのだから、たとえ中身がタバコの葉でなくても健康にいいはずがない。そんなことは百も承知で、なお吸わずにいられないから不思議なのだ。薬物依存症でなければ、何に依存しようとしているのだろう。喉がかわいたときの、水にたいする渇望に似たものだろうか。そんなはずはない。水の欠乏は生命の維持にかかわるが、タバコの欠乏は禁断症状さえ引き起こしえないのである。しかし一か月の禁煙のあとの一服のうまさがたとえようのないものであることも事実なのだ。あるいは生ぬるい日向水にたいする、氷水の効果だろうか。

ある時ぼくは、この奇妙な耽溺の正体を知ろうとして、タバコを吸いたくなったときの心理状態や、吸っている最中の感覚を、じっくり内省的に観察してみたことがある。そしてこれは薬物を吸っているのではなく、時間を吸っているらしいことに気付いたのだ。もしくは時間を変質するこころみと言ってもいいかもしれない。無理に比較すれば、爪を咬む習慣に似ているような気もする。だからたとえば電話を掛けるときなど、ついタバコに手がのびてしまう。自然な対話でない時間の欠損部分を補塡するためのパテがわりの煙のような気もするのだ。だとすればこれは完全に心理的なものので、方法が適切でありさえすれば、禁煙は他の薬物依存ほどの苦痛なしに可能なはずである。

生理学的な害を自分に言いきかせる方法や、ハッカパイプなどの代用品は、誰もが一度は試みて失敗した処方だろう。タバコ中毒がふつうの薬物中毒でないのなら、そういう自虐的なやりかたが逆効果になるのはむしろ当然のことだ。いたずらに禁煙の努力をするよりは、禁断症状が存在しないという事実のほうに着目すべきではないだろうか。とにかく挑戦してみることにした。

まず手許にタバコと愛用のライターを置き、すぐにでも吸いはじめられる状態にする。タバコを吸いたい気分が熟するのを待つ。ライターの火をつけ、タバコの先ぎりぎりまで近付けてもいい。そして考えるのだ。いま自分はタバコを吸いたいと思っている。もし吸わなかったら、なんらかの生理的不都合が生じるだろうか。その気になれば、すぐにでも火をつけられるのに、吸わずに我慢している。二分経過。三分経過。

何処か痛むだろうか。四分経過。五分経過。頭が痛みだしただろうか。胸が苦しいだろうか。いや、なんともない。なんの変調も認められない。当然だろう、タバコに禁断症状はありえないのだ。そして十分経過。十分間我慢できればもうしめたものである。タバコを吸わなくてもまったく平気だというその感覚を心の底に刻み込み、さらに数十分して吸いたくなったとき、その感覚を思い起してやればいい。しだいに喫煙願望の間隔がひらいていく。必要なのは集中力だけだ。それ以外にはなんの努力もせずに、ぼくは一週間でも二週間でも禁煙を続けることが出来た。この方法の特徴は、他人にそばでタバコを吸われても、まったく誘惑的な刺激を感じないことである。

喫煙の悪癖は生理的耽溺ではなく、言語領域での心理偽装にすぎないのだ。あえて名付ければ、これは一種の言語療法だろう。言語による心理の内部調整である。言語機能の内省による観察にもなるし、人間の行動がその細部にいたるまで、いかに言語によって構築され支配されているかを体験するいい機会になるはずだ。おまけにタバコを止められるのだから一石二鳥である。ただ一つ欠点をあげれば、あまり簡単に禁煙が出来るので、またすぐに吸いはじめてしまうことだ。告白すればこの原稿を書きながら、すでに数本分を灰にしてしまった。

禁煙の快楽

島田雅彦

私の先輩のK氏とO氏が仲良く禁煙を始めて、一年になろうとしている。禁煙やスポーツのように体に悪いことは一切するつもりのない私は、彼らがその苦行をいつまで続けられるか賭けたり、彼らの禁断症状をつぶさに観察しながら、酒を飲んだり、誘惑に打ち勝つ訓練と称し、食後にこれみよがしに一服してみせたりして遊んだ。私も経験がないわけではないので、禁煙がいかに理不尽な営みであるかはよくわかっている。

禁煙経験ではK氏の右に出る者はいない。これまでも様々な禁煙法を実践しては、挫折している。たとえば、高いお金を払って禁煙道場に行く。これは禁煙にかけたコストを無駄にしたくないという心理が働いて、しばらくは持ったという。だが、一番の荒行は断食だった。煙草を吸いたくなるのは決まって食後だから、その食事を抜いてしまえば、禁煙にも耐えられるだろうというのだ。それでも禁断症状は止むわけではなく、いつになく狂暴なK氏に私は恐れおののくのであった。

性格的に安定しているO氏の場合、「自分は意志が強く、理性的なのだ」と徹底して自己暗示にかけるのだという。それで禁煙が達成されるなら、もとより我慢という営み自体が好きなのであろう。その後、もう一人の同業者R氏に会ったら、彼も禁煙に苦しんでいるという。仕事はまるではかどらず、口寂しさについ芋ケンピやかりんとうを食べ過ぎてしまい、七キロも太ったという。いくら形状が煙草に似ているからといって、芋ケンピを食うとは不思議な禁煙術を開発したものである。

彼らは禁煙を通じて、それまでとは全く別の世界を垣間見、全く別の自分を体験したに違いない。理性ではどうにもならないことがあるという悟り、喫煙者の無神経に憤る自分、財布の小銭が減らない現象、鼻毛の伸びが遅くなる現象などなど。ところで、禁煙には終わりがない。十年我慢した人がそれを祝って一服したとたん、また喫煙の習慣が戻ってしまったという。そればかりか、十年前よりもヘビースモーカーになってしまったらしい。ダイエットのあとのリバウンドと同じだ。

不断の努力とは禁煙のためにある言葉だ。

非喫煙ビギナーの弁

東海林さだお

つい最近タバコをやめた。

いまのところ、禁煙に成功している。

五月一日を期して禁煙を開始し、いま現在七月上旬だから二カ月ちょっと、一本たりとも喫っていない。

十九歳から喫い始め、四十九歳で止めたわけだから、実に三十年間タバコを喫ってきたわけである。

半生をタバコと共に生きてきた、ということになる。

喫煙界にいれば大ベテラン、大御所、永年勤続、いずれ常務取締役の声もかかろうというぐらいの古顔である。

喫煙のスイもアマイも充分知りつくし、そっちのほうの知識、識見も豊富。対処、応用にも秀で、後顧の憂いもなく、先の見通しも明るく、ようやくこれから、というときに、突如、トラバーユしてしまったのである。

非喫煙界では全くのシロウト、右も左もわからない。

タバコを喫わない世界、灰皿、ライターのない世界がどういうものなのか、そっちのほうのベテランに教えを乞わなければならない。

一から教えていただかなければならない。

〝求タイ〟の輪島のテレビCMじゃないが、

「また基本から始めた男です」

ということになる。

非喫煙ビギナーは、このところまことに心細い毎日を過している。

いままでだったら、外出のときは、ハンカチ、手帖、タバコ、ライター、財布、時計、というふうに、一つずつ確認して出かけていたのだが、いまは、この中からタバコとライターが欠落している。身辺が寂しくなった。

標準装備が一挙に二つも減ってしまったのだ。

クルマだって、標準装備がたくさんついているほうが高級、重厚、優等ということになっている。

もともとそう多くない装備の中から、二つも減ってしまうと、何かこう、人間的にも軽量、浮薄になったような気がする。

輪島同様「また基本から始めた男」の胸の内は不安で一杯である。

実を言うと、禁煙はこれまで三回ほど試みている。

三回試み、三回ことごとく禁煙に成功している。

一回目は三日間の禁煙に成功し、二回目は七日間、そして三回目は三カ月もの禁煙に成功した。

失敗一回もなし、その都度、カクカクたる成果を収めてきた。

その都度、喫煙を再開してしまった動機は、常に「ふと」と「なんとなく」であった。

全部、酒の席であった。

禁煙を続行中、酒の席で、ふと、目の前のタバコに目をやる。

酒の席では大抵の人がタバコを喫っている。

ふと、目の前のタバコに目をやって、ふと、なんとなく取りあげる。

そして、

「ま、ためしに一本喫ってみっか」

ということになる。

酔っているからそういうことになる。

喫ってみる、特にうまいというわけではないがまずくもない。

こうして一本喫ったが最後、あとはもう元の木阿弥、禁煙などしてたのが嘘のような気持ちになって喫いまくる。

そうして翌朝、ノドと胸のむかつきと、後悔とにさいなまれながら、ゲエゲエと歯をみがくということになる。

今回の禁煙を決意させたのも、朝のむかつきだった。

むかつきと共に、少ししか出てこないのに、いくらでも出てきそうなタンの感じ……。

前の晩に喫ってしまったタバコの量……。

そのことを思い出すことのこわさ。

肺にベッタリと滲《し》みこんでしまったであろうニコチンとタール……。

頭髪にも下着にも滲みこんでいる煙の匂い。

以前見た、禁煙促進映画の一シーンも思い出される。喫煙者の、タールがベッタリと滲みこんだ黒い肺。手で押すと、黒いタールがにじみ出てくる……。

ウッ、ゲエゲエ。タハッ、カホカホ。

ああ止めよう、もう止めよう、ほんとォーに止めよう。

と思いつつ、昼になり、午後になり、飯を食い、コーヒーを飲んでいるうちに、手はいつのまにかタバコをつかみ、無意識に火をつけ、ふかぶかと煙を吸いこんでいる。

夜ともなって酒でも飲めば、朝の後悔などどこへやら、喫いに喫いまくって、翌朝のゲエゲエとなる。

その上、ことしの三月あたりから舌が荒れだし、舌苔《ぜったい》で舌がまっ白になった。

舌の表面と両わきと先端部がヒリヒリする。

それでも禁煙の決心はなかなかつかなかった。

それまで喫っていたセブンスターライトを、中国産の金健というのに替えてみた。

健康にいい、といわれているタバコである。

これはおいしくはないが、慣れるとけっこういける、というような味だった。

健康にいい、といわれているのに、いくら喫っても健康にはならなかった。

症状は少しも改善されなかったのである。

ただ金健のために、一つだけ弁護することがある。

それはタンがなくなったことである。

それまで、朝、黒いタンが出ていたのに、金健を喫い始めてから、明らかにタンが白くなった。

タンが黒から白へ変わったということが、どういうことを意味しているのかは、ぼくにはわからない。

しかし、裁判なんかでは、黒から白へ、はめでたいことであり、相撲の世界なんかでも、黒より白のほうが縁起がいいようだから、結局のところ、いい、ということに

なるような気がする。（素人考えではあるが）

しかし、めでたい、とか、縁起がいい、とかいう問題とは別に、症状のほうはいっこうによくならなかった。

四月ごろからだろうか。

少しずつ、止めようという気運がもりあがってきた。

そうして、四月の二十九日の朝、重大決意とかそういうのではなく、無心、恬淡《てんたん》、ごく自然に、「きょう止めよう」と思ったのである。

前のほうで〝五月一日から禁煙〟と書いたが、本当は四月二十九日なのである。

五月一日のほうがキリがよく、また記憶しやすいのでそういうことにしている。

つまり〝五月一日決然と〟ということではなかったのである。

タバコを止めた人に聞いてみると、どの人も、異口同音に、「なんとなく止め始めた」と言う。

重大決意をもって止めた、という人は極めて少ない。

このあたりも禁煙のコツの一つなのかもしれない。

止めようと思った朝、周辺にあったタバコを、ことごとく水漬けにした。

次にライター群をことごとく探し出し（百円ライターが十六個も出てきた）、これをゴミ袋に入れてただちにゴミ置場に持っていって捨てた。

高級ライターが一つもなかったことが、決意を容易にしたと思う。

灰皿だけは捨てられなかった。

高級そうなものが多かったからである。

（とりあえず今日一日、止めてみよう）

と思った。

前の禁煙のときに知ったことであるが、タバコを喫いたいという衝動はほんの五秒ほどのものである。

喫いたい！　という衝動が起きたとき、五つゆっくり数えると、とりあえずその衝動は消える。（やってみるとわかる）

しかし突然襲ってくるこの衝動は、かなり強烈なものがある。

地軸をゆるがす、というか、強力な磁石に全身が引き寄せられる、というか、全身全霊が、人生そのものが、タバコに引きずりこまれるような気持ちになる。

特に〝これまでいつも常に喫っていた瞬間〟には、まちがいなく地軸をゆるがす衝動がくる。

いままでいつも喫っていた、新聞をひとわたり読み終えたとき、コーヒーを一口すすったとき、ビールをゴクゴクと飲みほしたとき、まちがいなく衝動が突きあげてくる。

いかなる理性も、これには勝てまいと思うほどの衝動である。だからこそ五秒なのだ。五秒待つのだ。いいか五秒だぞ。（だんだん説教調になってきた）

五秒待てば喫ってもいい、と思って五秒待つ。そう思うと気が楽になる。するとと不思議なことに、五秒後にはそれほど喫いたいという気にはならない。（また今度、衝動がきたとき喫えばいいや）という気持ちになる。（ホントだってば）

そうして次の衝動がきたとき、また五秒待つ。

高見山のフトンは「二バイ、二バイ」だが、禁煙のコツは「ゴビョー、ゴビョー」である。

こうしてとりあえず、この日の午前中が過ぎた。

そのようにして、午後と夜が過ぎた。

〝まる一日、一本も喫わなかった日〟という日が出来あがったのである。

こうなると、俄然、この一日が惜しくなる。

丹精こめて、苦心、忍耐のあげく作りあげた一日である。せっかくのこの日を、無にしてはならないという気持ちになる。

翌日の朝は爽快でうれしい朝であった。

前日のまる一日、朝、昼、夜、と、どこをどう思い返しても、どこの部分でも一本もタバコを喫っていないのである。

清廉潔白、一点の曇りなく、どこをどう責められても堂々と無実を証明することができる。何という快挙であろうか。

たった一日の禁煙では、朝のむかつきは消えないし、タンも相変わらずである。

しかし心は晴れやかである。

前日のことを思い出すと、自然に笑みがこみあげてくる。

この一日を大切にしようと思った。

おとうさん、おかあさんも大切にしようと思った。一日一善。戸締まり用心、火の用心にも心がけようと思った。

大切な一日が大切な二日になり、三日になり四日になった。

いま禁煙して二カ月と十日だから〝三度目の禁煙の三カ月〟ももうすぐだ。

今度の禁煙は、なぜか淡々としている。

自分でもあまり無理が感じられない。

むろん今でも〝衝動〟はある。

最初のころは一時間おき、だんだん半日おきになり、今のところ三日に一ぺんという感じになっている。

その衝動のとき、身辺にタバコがないようにと心がけている。

以前の禁煙と、今回の禁煙の一番違っているところは、〝タバコを喫っている人を見ると不思議な気がする〟という点である。

駅頭などで、タバコの煙を吸いこみ、ブワブワと吐き出している人を見ると、

(ヘンなことをしてるなあ)

と思ってしまうのである。

口のあたりにタバコの煙を漂わしている人を見ると、その煙がタバコのせいであるとわかっているのに、どうして人間の周辺に煙が漂っているのだろう、と、一瞬不思議に思ってしまう。

都市生活の中で、煙が立ち昇っているのを不思議に思う。(ついこの間まで喫ってたくせに、我ながらずいぶんエラソーなことをいうなあ)

タバコを喫わなくなったための寂しさというものもある。

手元が寂しい、とか、手持ちぶさた、とかいう意味ではない。

タバコの自動販売機や、タバコ屋の店頭には、様々なデザインをこらした内外のタバコがズラリと並んでいる。

その前を通るとき、それらのタバコをつくづく眺め、

(これらのものは、自分の人生と無縁のものになってしまったんだなあ)

という寂しさである。

世の中とのつながりが、一つ断ちきられた寂しさである。

テレビのタバコのCFを見ても、

「オレ、もうこういうのと関係ないんだよなあ」

と思う。

デパートの喫煙具売り場は、以前は眺めて楽しい場所であった。

キラキラ輝く様々なライター、様々な灰皿、もうみんな関係のないものとなったのだ。

様々な節煙パイプを見ても、心が動かされなくなった。

禁煙アメとも無縁になった。

喫い過ぎのときなめていたノドあめのたぐいとも縁が遠のいた。

人生に於ける選択の幅が、一つ減ったことは確実である。

周辺が、以前より一つだけ賑やかでなくなったことも事実である。

なんてことをエラソーに書いておきながら、もう一カ月経ってみると、またしても死にものぐるいでスパスパ喫っていた、なんてこともありえないことではない。

なんてことがないように、自戒、自制を心がけながら、毎日を大切に生きていこうと思う。(今回はどうしてもエラソーになってしまうなあ)

禁煙免許皆伝

小田島雄志

イワン・イワーノヴィッチ・ニューヒン、という名前はご記憶になくても、チェーホフの一幕物『タバコの害について』の主人公、と言えば、ああ、あれか、と思い当たるかたも多いだろう。タバコの害について講演しようとしながら偉い女房へのぐちについ話がいってしまう、あのかわいそうな男のことである。一昨年までのぼくは、何度かあの男に同情する機会があった。

たとえば、ある医学関係の雑誌のインタヴューを受けていて、ぼくの健康法は好きなことをやって生きることなどと勝手な熱をあげていたら、「先ほどからだいぶタバコをお吸いになりますね」と余計な突っこみがきた。そりゃあぼくだってタバコが健康によくないことはわかっているが、イワン・イワーノヴィッチとともにそんなことどうでもいいじゃないかという気分になってしまったのである。そこで、「タバコやめてストレス溜めて胃ガンになるより、好きなタバコで肺ガンになるほうがまだましだ」と応じて、「いや、この雑誌の読者にこんな言いかたは不謹慎だからいまのオフレコにして」とつけ加えたのだが、そこまで全部活字にされて恥ずかしい思いをしたことがあった。

一日四、五十本煙にしていたそのぼくが、昨年一月からタバコを、やめた。心境の変化があったわけではない。体調の衰弱があったのである。一昨年暮れ、還暦を迎える前後に風邪をひきながら、ノド飴と酒をチャンポンに流しこみ続けて、正月についにダウン、胸膜炎で一か月たらず入院するはめになった。なにしろ胸の病である。タバコを吸う気分にはなれない。やがて回復して退院となったとき、この入院生活をムダにしたくない、と思った。いや、ほめてくださらなくてもいい、ただの貧乏性である。で、気がついてみると一か月たらずタバコなしでやってきたのだから退院後もこのまま続けてみよう、となったわけである。

昔、だれの作品だったか、四コマ漫画があった。一コマ目、「禁煙」のはり紙があって机の上はなにもない。二コマ目、「近煙」とあって机に灰皿がポツンとおいてある。三コマ目、「僅煙」となって灰皿から吸いがらの煙がかすかにのぼっている。四コマ目、「欣煙」と変わって部屋じゅう煙がもうもう。もしぼくが禁煙の努力をしたなら、あの漫画のようになったろう。だがぼくは、入院生活の延長でスーッとやめただけで、努力しないですんだから、やめられたのだろう。

それでも、最初のうちは、おそるおそる、といったときもあった。まず、入院生活末期に外出許可をもらって出た「銀座百点」の座談会。次に、東大での最終講義を終えたあとの研究室。それから、例によって喫茶店でやる翻訳。いつもならここでタバコに火をつけたな、と思われる瞬間を一つ一つ越えていき、最後にヘヴィ・スモーカー三人相手のマージャンに勝って、すべてクリヤーしたと自分に禁煙免許皆伝を与えたのだった。

ところが、である。敵は思わぬところに伏兵をおいていた。ぼくはいつのころからか、目が覚めてなおまざまざと思い出せる夢、というものをめったに見なくなっていた。若いころは、たとえば美人の夢が途中で覚めて、いまの続きが見たい！　と念じつつまた眠って、続きを見ることに成功した例も一度だけだが、あった。年とってから、そういう楽しみもなくなっていたのに、タバコをやめてから、はっきりおぼえている同じ夢を三度も見た。昔の癖で、二服目からはふかすだけだが、最初の一服は思いきり吸いこむ、そこでハッと気がつく、そうだ、おれはタバコをやめたのだった……そこまではいい。そこで夢の中のぼくはどうするか。思いきり吸いこんだ煙をそっと吐いて、タバコをもみ消して、だれかに見られてないかあたりを見回すのである。見られたって別にかまわないのに。

目が覚めて、そんなぼくがなんとなく恥ずかしい。

煙草との別れ、酒との別れ（抄）

中井久夫

これほど寿命が延びなかったら、煙草も酒も問題にならないことであろう。早く伝染病が生命を持ち去ってくれたからである。第一に恐れられたのは結核であった。第三世界では今でもマラリアが死因の一位である。

心臓の五億ビートが一般に哺乳類の寿命限界であるという。ヒトならば五十歳前後であろう。とすれば、それ以後は人工寿命、文明寿命である。ソ連が崩壊した後、ロシア人の平均寿命は急落した。

私は十八歳の時から煙草をのんでいた。大学生になると煙草を吸うのは格別ふしぎでない時代であったが、のみはじめたのは、親友の一人が眼の前で煙草をのんだ時である。彼がのまないと思っていたのは、私の勝手な思い込みであるが、今にして思えば、私は尊敬する親友の何人かを社会的行動の基準としていたらしい。

酒は、父方の祖父も母方の祖父も、また伯父・叔父たちもたしなむ程度であって、深酒をする時があったのは父親だけであるが、家では飲まなかった。酔って帰っても寝るだけで、暴言とか暴力を振るうとかはなかった。経済的被害だけといってよいだろうが、しかし、それは戦後まもなくの少年にとっては結構つらいものがあった。そのせいか、酒を飲んでも楽しくならない。せいぜい飲む相手次第で少し変わるぐらいである。家ではたしなむ程度だが例外的に一度、家で深酒をして、子どもの信用を激減させた。

煙草は自分がやめた時の体験であるけれども、酒のほうが主に患者による体験であるのは止むを得ない。もっとも、二〇〇八年一月の、それまで十二年間、脳幹と大脳白質にとどまっていた脳梗塞が多少は大脳皮質に及んだ最初の徴候以来、酒ともほぼ別れっぱなしとなった。

「煙草との別れ」「酒との別れ」は、むろん、私の個人用語である。禁煙、禁酒あるいは断煙、断酒というほうが良いならばどうぞお使い下さい。別れるという言葉を選んだのは私の実感にもっとも合っているからである。

酒や煙草にはいいところもいっぱいあった。どちらも対人関係を円滑にしてくれる小道具であった。酒は料理をおいしくしてくれた。煙草は難航している文章を書かせてくれた。この二つは限界嗜癖物質といわれてきた。

ということは、嗜癖となるのは用い方次第であるということだろう。酒であろうがセックスであろうが他の何であろうが、楽しむということは、ゼロから出発してプラスに向かう行動である。それは満足感と共におのずと終息に向かう。ストレス解消とはマイナスから出発してゼロに近づく行動である。そしていくらゼロに近づけようとしても、ゼロにはならず、マイナスのままに留まる。それをゼロにしようとする行動はますます強い渇きを生むであろう。手段が何であれ同じである。

ただ煙草に他害性があるという一点は別問題である。肺ガンや心筋障害などの病いだけでなく、たちこめる煙草の煙が、秘書さんたちの髪や服に悪臭をつけていたかを思うと改めて申し訳なく思う。

I　煙草との別れ

やめたのは、要するに入院したからである。入院したのは勤務先の病院で、ナースとは顔見知りである。煙草というものは個室だとひどく匂う。ナースにばれることはまちがいない。まして、担当するナースはコワイ人である。

煙草と別れることにして私は予想を行なった。第二日の夜が苦痛のピークであろうと。「自律神経の嵐」が起こるだろうと。一週間経てば、それまでのやめた期間が惜しくなって、それが一つの後戻りを防ぐ力になるだろうと。しかし、「やるぞ」という意気込みで始めたことは長くて四、五十日でスタミナが尽きる。これは「戦闘消耗」といって軍事精神医学では古くから知られている。そこから先にどういうことが起こるかまでを具体的に予想するのは無理だとした。とにかく、その代わり、その頃に何か一つ、ご褒美を自分にやることに決めた。

医学部の教授がその大学の附属病院に入院すると最悪の患者になるという言い伝えがある。たいていは翌日脱走する。脱走して研究室にゆくか、馴染みのバーに行くかはともかく、病院ではそういう評価になっていた。私は、例外になってやるぞと、いささか力んでいた。

見舞い客が次々に来る。相手をしては合間に本を読む。書類もまわってくる。医師たちも報告に現れる。ぶらっと現れる友人もいる。メロンがいくつか溜まる。メロンを病室の中で独りで食べるのは実にわびしい。あれは家族の特別の日に、皆で名残りを惜しみながらいただくものである。

私は自宅以外では眠りにくい。まして、病院は深夜に人の走る音、誰かの泣く声、はっきりしないうめき声が聞こえてくるところである。それに廊下の蛍光灯が眼を直撃する。睡眠薬を準備してある旨、ナースに告げておく。

最初の夜は無事に過ぎた。二日目の夜は、予期していた通り、「自律神経の嵐」と私が名付けて待ち構えていたものが起こった。通常「禁断症状」というものである。これは人によって違うかもしれないが、私にとって第二夜は、冷や汗をかき、いても立ってもおられず、どういう姿勢をとっても休らえず、身悶えするうちに過ぎた長い時間であった。クロキサゾラムを使ったが、これは私の性格を考えてのことである。私には一般に不安は少ないか短時間だが、「一つところにせっせと穴を掘るように考えに考えを重ねる」癖があると自分では思っている。

この夜は暴風雨の中で樹の幹にしがみついているようなものであった。この表現は大げさかもしれない。そして、誰にも、「禁断症状」がこのとおりに起こるかどうかはわからない。しかし、こういうイメージをつくりだしたことにも意味があったかもしれない。荒海をゆく船の甲板で何かにしがみついて耐えているとか。とにかく何かにしがみついて（あるいはすがりついて）耐える感覚である。

この一夜の記憶は逆戻りをずいぶん防いでくれた。私は「二日目の夜は苦しいよ。その一晩を耐えたらずいぶん楽になる。迎え風から追い風に変わる」といい、「一週間経ったら、麓にきたという感じがして、これまでの努力をドブに捨てるのは惜しいという気になる」ということにした。

私の場合は、入院した理由がある。甲状腺機能障害である。「今年の秋はえらく暑いね」というと「基礎代謝を計ったほうがいいですよ」と返した友人は名医である。単身赴任二年目であった。

この入院は、けっきょく二十日ほどで終わった。最初の一日で薬物性肝障害が起こり、以後は毎日強力ミノファーゲンC一本を打っては肝機能を測るという日々になった。私はさすがにこれでは悪循環になりかねないと思い、自宅静養を申し出た。翌日、「協議の結果、特別に退院を認めます」という返事が伝えられた（「協議の結果認めなきゃどうなるの？」と思ったが黙っていた）。単身赴任中の私はさっそく名古屋の自宅に帰った。一週間後であったか、友人の診療所で測ってもらうと細胞崩壊を示唆する「マイクロゾーム指数」が入院中の高値（具体的な数値は忘れた）からゼロになっていた。一カ月後に病休を終え職場に戻って、紹介された病院の甲状腺外来に通った。その後指数がゼロになることは一度もなかった。しかし、多くのことを、神戸海岸病院長だった故・小倉一先生に教わった。たとえば「症状が突然出た時は甲状腺を氷で冷やして下さい」である。こういう自分で手当てする方法を知っていることは病む者に積極性を与えてくれる。「よくなってもチウラジールを一週一錠飲んで下さい」。これも精神科の診療で使わせてもらった（「今後も保険として週一錠」という具合である。私は臆病な精神科医であったから薬物を完全に切るのには慎重であった。それには「治にいて乱を忘れず」という効果もあるだろう）。また、先生は「甲状腺機能亢進症は胃ガンになる確率を通常より低くします。六十五歳を過ぎると今度は機能低下症になります」と少し嬉しがらせてくれた。実際には、先生の死と共に自然に治療をやめている。もう十何年前になるだろうか。数値は正常範囲である。

もう一度、煙草を吸ってやり直した。それは、姻戚の一人が私の前でいかにもおいしそうに煙草を吸ってみせて「あなたは煙草をやめたんですって。意志がお強い。この一本を吸ってみてから、またやめてはどう?」と言ったからである。私は単純にひっかかった。これは多くの人に起こっていることではなかろうか。私は、この話をして「この時、その一本をうっかり受け取るかどうかが分かれ目の一つだよ」といいつづけている。

それからしばらくして、鹿児島の田舎の姻戚の家に一家で一週間滞在する機会があった。まず、空気がよかった。そして、城郭跡の屋敷の離れの一室に布団が敷きっぱなしであった。自由に寝起きしてよいというのである。土地の歓待の習慣だそうで、私はとろけるようなくつろぎの一週間を過ごすことができた。私は以後、一本も吸わずに今日に至っている。

私はある実験をした。職場に復帰して何日目に、最初に私が煙草と別れたのに気づく人が現れるであろうかという自分一人限りの賭けである。一週間かと思ったが、実際は四十日を越えていた。それほど人は自分のことを気にしていないのだと、これはちょっとした納得で、うぬぼれの治療に役立った。この実験を人に勧めることもある。

煙草と別れた私の友人の一人によれば、満一年後に吸った煙草はおいしかったが、満二年目に吸ったら生まれて初めて吸った時よりもまずかったそうである。身体的依存の解消には二年かかるわけである。

私は、時々、煙草を吸ってしまった夢をみた。それは決まって何か困りごとが起こっている時であった。夢の中の私には、ああ、せっかく止めていたのにまた吸ってしまったという落胆と共にどこかほっとする安堵感があった。煙草との別れを続けるのに必要な緊張がほどけた安堵感であろう。これに限らず一般に、倫理的禁止を持続するには心理的エネルギーが要るのである。

煙草を吸う夢を見なくなったのは十年後である。心理的依存の解消には十年かかるということであろう。

思い返せば、あの誘惑に屈した一本目は絶妙な味で、また、強烈な目覚め感があった。吸わなかった期間がすりガラスの世界で、それが透明なガラスにかわったと感じ、たった今までほんとうの自分の力が出せなかったと思った。しかし、何一つやらないうちに、二本目を吸うと、ぱっとしない普段のただの自分をふたたび見いだしたのであった。当たり前ではあるが、少々はがっかりすることだ。

このように、ニコチンが「少量興奮、多量麻痺」といわれるのはそのとおりであるが、「少量」とは何とシガレット一本のことであった。要するにニコチンでやるドーピングの効果はその程度である。

この体験も私はよく話した。しかし、何よりもまず、古い革手袋を裏返したような感触が口の中から消えて、食事がおいしくなったことを強調した。ただ、これはニコチンとはあまり関係なさそうで、タールなどの成分によるところが大きかろう。

もう一つ、ふしぎなことがある。暗闇の中で煙草を吸ってもさっぱりおいしくないとは、くり返し私が体験したことでもあり、他の人たちも異口同音に語る。その正体は何であろうか。明かりをつけたらすぐに美味しさが戻る。たしかに、視覚世界と関係がある。風の中でのシガレットも同じくまずいが、これは嗅覚の分担部分だと理解してよかろう。

ゆらゆらと立ち上がる煙を追う眼差し、独特の香り、口唇から口腔内の粘膜感覚とシガレットを箱から取り出して指に挟むとか、パイプ煙草をパイプの火口に詰めて握り、マッチをする間合い。こういうものは視覚、触覚、筋感覚、重力感覚、時間感覚などが入り混り重なり合っている。

しかし、視覚世界の有無は、全てか無かである。煙草依存には単なるニコチン依存を越えてまだ奥がありそうだということを示唆するだろう。しかも、この切り替えは、移行期が目にとまらぬほどの迅《はや》さである。ぱっと電灯をつけるとすぐに味が帰ってくる。これに答えるのは私の限界を越えている。もうわかっていることかもしれないが、私には謎である。

私は、煙草経験を、他害性を棚上げにすれば、けっこう良きものもあったと思っている。一九八〇年にインドネシアのバンドンに行った時、アメリカ人医師たちから「医師のくせにどうして煙草を吸っているのか」と日本人医師一同が詰問された。私は、なるほど米国はここまで来ているのかと、まあ感心した。しかし、宣教師のごとく煙草を悪魔として黒く塗りつぶすのは私の好みではない。従妹によれば、その父（私の伯父）は、三度目の心筋梗塞の際、最後の一本を求めて断られたそうである。かねてからの肺ガンではあったがこうなると「今さらなにを」というところである。最近までは末期ガンの痛みに対してもモルヒネを使わなかったのに似ていはしないか。

私は煙草体験も私の人生の一部として認めつつ、別れを告げた。「ギリシャ文化は煙草と小説だけは知らなかった」とフランスの批評家アルベール・ティボーデは述べている。私はギリシャ人の知らなかったものを知っているわけだ。しかし、是非というものではなかったということである。

嗜癖をやめても格別えらくなったわけではない。ただの人である自分をみいだすだけである。しかし、この発見は無意味ではないと私は思う。

禁烟

斎藤茂吉

上

先般朝日歌壇の応募歌を検《しら》べて居ると、『禁煙を思ひ定めき煙草のむくせつきかけし四日目にして』といふ一首があつた。これは藤原さんといふ婦人の作で、藤原さんは煙草のむことを始めて、四日目にすでに禁煙を思ひたたれたことが分かる。しかしこの実行が確実に出来たかどうか、四日間喫つただけでも禁烟はなかなかむつかしいのである。

私の次男に宗吉といふ子が居る。松本の高等学校に在学中喫烟をおぼえ、キセルなどを買込み、得意でゐたが、それでも私には内証で喫つてゐた。しかしこの内証で喫ふことはなかなか困難である。それほど喫烟の欲望は強いものだといふことを、私自身の経験で分かつて居るので、今年の夏から、次男の喫烟を大目で見るやうにした。

それほど禁烟といふ奴はむつかしい。

私が巣鴨病院（只今《ただいま》の松沢病院の前身）に医員として勤務してゐた時分、つまり明治四十四年ころは、院長の呉秀三博士が医員ほか職員全般にいはれた。本院では入院患者に烟草《たばこ》のむことを禁じて居ますから、職員も烟草のまないで下さい。しかるに、先生自身は烟草のまれないから好いやうなものの、烟草のむ習慣のついて居る私等はたまらない。私らは隠れて便所の中で喫烟したり、わざわざ病院裏の豚小屋に行つて喫烟したりしたものである。それほど禁烟といふ奴はむつかしい。入院患者はそんならどうして居るかといふに散歩の時庭草を採つて来て、それを干《ほ》して烟草のかはりにしたり、時には新聞紙などを自製のまがひのパイプにつめて喫つてゐたりした。私は勤務足掛け七年の後期に、徳川の代に禁烟令がどうしても行はれなかつた事実、向柳原に乞食がコモの中に隠れて喫烟して居つた事実を、呉院長に話して、患者の禁烟を解いてもらつたことがある。喫烟の欲望といふものはそれほど強いものである。『禁酒は左程でないが、禁烟は難儀だ』といふのは、世間のとほり言葉になつて居る。

その難儀な禁烟を私は大正九年から実行した。さうして今から顧みて、『あの時烟草をやめて、実に好いことをした、烟草を喫んでゐたら、今時分はとうに娑婆《しやば》に居られなくなつてゐただらう』と思ふのである。

又、時たまに、夢の中に喫烟することがあつた。さうして夢のなかで、気がとがめて、禁をやぶつて困つたことになつた。よせば好かつたのにとひどく後悔するが、夢がさめて、ああ好かつた。現実が禁烟で好かつたと思ふことがたびたびであつた。

しかし禁烟すでに三十年、もう夢で喫烟することなども見ないやうになつた。烟草のニコチンは心臓毒である。幾らジタバタしたところで及ばないものである。而して私自身は正真正銘、そんな毒から遠のいて居る。

下

　私は大正六年暮に長崎医学専門学校教授になつて赴任したが、大正八年ごろから、長崎にも流感がはやり、猖獗（しょうけつ）を極めた。私は大正九年一月からその流感にかかり、四月に大体癒えたが、六月からまた体の工合（ぐあひ）がわるくなり、県立病院に入院したりした。その時に禁烟して見ようと思立つた。しかし二三日烟草を喫まずに居ると、気がぼんやりして来て何も出来ない。また食後なんかは烟草が喫ひたくなつて何ともたまらない。それから気持が全般的に沈鬱（ちんうつ）して来て、学校にも行きたくない。そこで学校も休み、毎日新聞の切抜などをやつてゐた。

　八月に、長崎県の温泉嶽温泉地に転地したが、ここでどうしても禁烟せねばならぬ、禁烟するには、烟草を口にせぬに限る、烟草に火をつけぬに限る、さう思つて、烟草を持たずマツチを持たずに、山に出掛け、谿間に下りて行つて、数時間沈黙して帰つて来る。午食の後、我慢して喫まずに、また谿間に出掛けるといふ工合にした。

そのころ、やはり禁烟したいといふ人々が居たと見え、薄荷《はくか》パイプだの、するめの干したのだの、ドロップだの、烟草の嫌ひになる薬液だのといふものが用ゐられてゐた。ところが、さういふものを用ゐると、却《かへ》つて烟草が喫みたくなる場合の方が多い。『食後の口さびしさ』が、さういふものを用ゐると、却つて増長するものだといふことが分かつた。さうしてゐるうちに、『爪楊枝《つまやうじ》』を食後口にくはへてゐると、食後の口さびしさを比較的容易にこらへ得るといふことが分かつた。

爪楊枝には味が無いので、一番効果的であると謂《い》つてよい。そこで私はこの方法を採ることにした。ただこの方法は人の前では余り見好くないので、人前ではなるべく楊枝が見えないやうにする。この楊枝の秘訣は今でも禁烟しようとする人々にすすめることが出来るやうにおもふ。

それからの秘訣は、火のついた烟草を絶対に口に入れないことである。『絶対に』である。この『絶対に』を守らなければ、禁烟は決して出来るものではない。一本ぐらゐは好いだらう。一口ぐらゐは好いだらう。節烟はかまはぬだらうといふことでは、逆もどりを繰返すだけで禁烟は到底出来ないものである。

私は欧羅巴《ヨーロッパ》に足掛五年ゐたが、そこでは烟草は安くて上等である。その香なども堪へられないほど佳品である。その香を嗅ぐまでは禁を破るのではないが、火をつけたものは口にしない。またカフエなどでは烟草の一本売りをする。さういふときには、むらむらと烟草が喫みたくなり、禁をやぶつた留学生が幾人ゐたか知れない。

それから、酒である。堅い決心の人でも、酒のうへで、禁をやぶつた人は幾人ゐるか知れない。そこで、酒の上の習慣を、この『口に絶対にしない』習慣で撃退すればよいのである。

このことを人に話すと、『斎藤は意志が強い』などと云つて、笑ふのか、褒めるのか分からんやうなことを云つてくれるが、私は意志がそんなに強い筈《はず》はないのである。寧《むし》ろ意志が弱い方である。しかし禁烟は、ただ絶対に火のついた烟草を口に入れないだけで済むといふことを実行すればよいのである。

西洋にゐたとき、よく自分で葉巻も紙巻も買つて持つて歩いてゐた。しかしこれは自分で喫ふやうに見せかけて、自分で喫ふのではない。訪問する教室の助手か小使等に呉れるためであり、国境税関吏らに呉れるためである。

意志の弱い私も、ただの『絶対に火のついた烟草は口にしない』といふ簡単唯一の方法のみで、禁烟を押しとほして来た。

それから、帰朝して来てから、すでに二十五年ばかりになるが、やはりこの『簡単唯一の方法』で通つて来た。一度満洲に遊んだが、あそこは西洋烟草の安いところであつた。あまり安いので友人などは日に幾箱も喫つたが、私はただの『簡単な原則』で、通つて来た。

そんなら、私は上等な西洋烟草のカヲリはどうかといふに、やはり只今でも、何ともいへぬ佳《よ》いカヲリである。依然として何ともいへぬ誘惑を受けるのである。この誘惑は二十年経つても三十年経つても、決して解消するわけ合のものでなく、或は一生涯的なもののやうである。

世間に、禁烟したがつてゐる人々は随分沢山ゐるらしいが、その苦心してゐる割合に、『火をつけた烟草は絶対に口にしない』といふ極めて簡単な原則を知らぬ人々は存外多いのであるまいか。

もう禁烟してから三ケ月にもなるから、もう大丈夫だ。一本ぐらゐ喫つても、罷《や》めるのに何でもない、などといふ人が居る。『あな恐ろし』である。

タバコと未練

赤瀬川原平

ぼくの場合、タバコとくっついて思い出されるのはパチンコだ。

パチンコをやめたのはもう三十年以上も前だ。パチンコ屋では、店内に『蛍の光』が鳴り出すころから、玉が出はじめる、そう思っていた。だから家で仕事をしていても、その時間になるとソワソワして、仕事に身が入らなかった。十二時を過ぎると、もうパチンコ屋も閉まったなと思い、やっと諦めて仕事に身が入る。だからどうしても夜型生活だった。夜型左翼の特徴ですね。でも、やめた。身体にもよくないし。

その前にマージャンをやめている。これもある意味、左翼だな。マージャンが癖になって、負けて「月謝」ばかり払っていたけれど、そのときのタバコはまずかった。マージャンに熱中して夜中になるとラーメンの出前もなくなるし、腹がへるとなにか口に入れたくて、仕方なくタバコを吸う。そういうタバコは余計によくない。それがどうにも胃にこたえはじめた。胃とか内臓に……。

たしかに、いいときのタバコはおいしい。ご飯のあとのタバコとか、ひと仕事終えたときのタバコはおいしい。でもそれ以上に、悪いタバコのほうが増えてきた。物理的に腹にこたえるようになり、それでもつい口にするという、ただ惰性的に吸うだけのタバコが多いので、その惰性をやめようと思った。そのころはパイプもはじめていたけれど、仕方がないからパイプも諦めた。ぼくなりには、やめるのに苦労したと思う。

ちょうど娘が生まれることになり、それに合わせて一緒にやめた。それがやめるための大義名分となった。でもやはりキツかったな。そのとき、いちばん困ると思ったのは、人と会っているときの間《ま》の持たせ方をどうすればいいかという恐れ。その心配が大きかった。

そのころ仕事の打ち合わせとか原稿の受け渡しは、近くの喫茶店でやっていた。パソコンもないしFAXもない時代ですよ。それで話をするとき、それこそ初対面だと、気まずい間ができてしまう。そのときタバコって、けっこう小道具になる。「いやあ、しかし、それはねえ……」みたいな感じでポケットのタバコを探ったり、マッチを擦ったりすることで間がもてる。ぼくみたいな気の弱い人間が、タバコがなかったらどうなるんだろうと思って、悩んだ。それがいちばん心配だった。でも、仕方がない。やめる決意をした。

そのころは、一日、三十本ぐらい吸っていた。それをまず、段階的に減らそうとした。決断できない人間なので、仕方がない。そのころタバコは「ハイライト」か何かを吸っていたけれど、一日、まず五本は許すということにした。

一日で五本とすると、三度の食事の後で三本は消費する。あとは寝る前に一本、という感じで、とにかく袋に五本入れておく。幸いにもぼくは貧乏性だから、それぞれの一本がもったいなくて、だから人と会っても、「ああ、ここは吸わずに済むな」なんて思って我慢する。

そうやって倹約していると、一日の五本が、気がつくと余っている、という日が出てくる。一本残っているとか、二本残っているとか。それが何日か続いて、そのうち全部余る日も出てきて、一カ月ほど経つころには吸わなくなっていた。禁煙はそういう自己流で成功した。その前から、やめる気はあった。でもなかなか実行できなかったんですね。

いちばんの心配は、打ち合わせのときの小道具問題だった。間がもたないんじゃないかとびくびくしていた。でも、やめてみると、そんな心配はいらないものだった。吸わなくなってみると、吸いながらやめようと思っていたときのほうが、よっぽど神経質だったことにも気づいた。年齢もあっただろうけど、やめてみると、そんなに気を使うものではないとわかる。それに、やめたからといって太りもしなかった。

昔はみんな、肉体労働のほうが多かった。タバコの「いこい」のコピーで、「今日も元気だ、タバコがうまい」っていうの。あれはすごく覚えている。タバコを吸う前だったけど、なるほどなあと。あれは真理だと思った。力仕事の労働者が、休み時間にニコニコしている写真。たしかに、力仕事にタバコはいいものだ。それに大工さんなどの力仕事は、仕事中に吸うヒマはない。作業が次から次へと、連続的につながっている。そういう場合は、一休みして吸うタバコは、まあいいもんだと思う。

でも、それが頭脳労働というか、デスクワークになると、体は動かさずにデスクの前でじっとして神経ばかり使うから、ついタバコに手が伸びて、吸うばかりになってしまう。そういう仕事ではついイライラが増えて、タバコがねずみ算式に増えていく。灰皿に吸殻がいっぱいになってしまって、なおもいく。ぼくの場合も、考える頭がイライラするほどタバコの量も増えるから、意識してやめないとダメだった。

小林秀雄のカセットテープに、タバコをやめるときの話がある。そのときは、ポケットにも、机の引き出しにも、トイレにも、ようするに、いつでも吸えるような状態にしておいたという。医者に言われて、あの人は、自分が意地っ張りなタイプだと知っていたから、あえてそうしたのが良かったのだろう。うちじゅうにタバコを置く。精神的な逆療法だ。小林秀雄らしいやめかただと思う。

ぼくのときは、タバコをやめかけのころ、夢にも出てきた。バーのカウンターで飲んでいて、となりの人にふともらって口にくわえていると、「あ、ついに吸ってしまったか」と。しばらく、そんな夢の時期があった。お酒は飲みすぎさえ気をつければ、元気になるからいい。でも、タバコはやっぱりよくない。気分では多少いいにしても、内臓にいいわけがない。そこが酒とは違う。とくにデスクワークの人は、やめるにこしたことはないだろう。

幸か不幸か、いまやタバコを吸う人って、まるで犯罪者扱いだ。いっぽうで、タバコって、いまだに女性から見ると、男らしさというか、あるいはちょいワル気分を出すときの大切な小道具になっている。タバコがサマになって吸える男は、女性から見ると魅力的なんだな。いまは、喧嘩で強いところを見せる場面も少ないし、それでいて男らしさの価値観は、やっぱり昔から変わらない。

ぼくらがタバコを吸いはじめたきっかけもそうだった。かっこうつけて、当時はトレンチコートを着たりして、そのころから、タバコはちょいワル物件だった。二十歳まで吸ってはいけないものだったから、よけいに背伸びして吸ったということもある。タバコで男らしさにひたるというのは、いつの時代もある。いまのタバコはもう完全に社会悪になっているから、それで男をアピールするのは大変だ。

やめてみてわかるのは、タバコは左翼のファッションにもなっていること。べつに政治的意識はないにしても、反権力や反体制の気分に、タバコはフィットする。うちでは「誰それがタバコ吸ってたよ」と言うと、「あの人はまだ左翼やってるんだ」といっている。これはたんに雰囲気のことだけど、間違ってはいない。江戸時代のキセルも、そうした男のちょいワルのエキスだった。あるいは、大人の道楽かな。火鉢でポンポンとする。あれは隠居の粋でしょうね。江戸時代のちょいワルは、隠居の粋だ。

いまの女性は、タバコは吸う、酒は飲む、ギャンブルするで、男の聖域というものはもうないでしょうね。お酒なんて、女性のほうが強いし、お店だって、男性より女性のほうがくわしい。

元煙草部

いしいしんじ

喫煙スペースの前を通るたびいつもこの人らはそんな悪いことをしたのかと思う。ア、いましてるのかと思う。空間からガラスで切り取られた直方体の煙にひとびとが立ちつくしさらに色濃く白煙を噴きあげる。なかに囲われた生きている物の姿がこれほどせつなさをかもしている場所は、ペットショップのもう子犬ではなくなった犬が入れられた絨毯敷きのケージくらいではないか。

そうまでして、と煙草をのまない人は苦笑する。眉根を軽くしかめ、目にはいらなかったように通り過ぎる人もいる。しかし、そうまでして、なのである。煙草をのむ人にとっての煙草の切実さは煙草をのんだことのない人にはまったく想像もつかないものだ。僕はいま吸わないが前はよく吸っていた。そうまでして、というこころがわかる分、せつなさがいっそう胸にくる。

はじめて吸ったのは中学二年のときでそれは明らかに大人への背伸びである。体育倉庫の裏に曲がるや喫煙スペースの人もやらないくらい素早く煙草をとりだしトントンと叩いて葉をつめると、誰かが兄貴のやといってもってきたジッポーライターでバビュッと火をつける。ウアー、とわざとらしく声をあげるものや、つまようじのおっさんがたてるような音をシー、とたてているものがいる。集まっている大半がパンチパーマか丸坊主で僕は失敗したパーマだった。こういう時点ではまだ煙草に対しての切実感は薄く、自分演出の小道具にすぎないが、ただ、集まっている人間の顔や態度を見るにつけ、背伸びしたい、そういうことでつるみたいという気持ちは、こいつらは馬鹿らしいほど切実なのだと思った。バレー部や手芸部でなく煙草部という感じだろうか。僕はだんだんひとりで公園にいくようになった。のんでいたのはセブンスターで以来ずっとそうである。

中三のとき、もちろんそれまでもばれていたはずだが目の前で親にばれた。みながもう寝ついた深夜、便所の窓をあけて吸っていたら、玄関のほうでがたがたと物音がして、家にいると思っていた父がいま外から帰ってきたことがわかった。煙草の火をもみ消し、しばらくしてから戸をあけたら、父は我慢していたようにサッといれかわりにはいった。そしてスンスンと鼻を鳴らし、こちらを振り向いてお前吸っとるなといった。この煙はなんやーといった。僕はこのとき生涯もっとも情けない、いまでも頭を抱えたくなるいいわけをしたのだが、窓をサッと指さし、そっからいま、煙はいってきた、といったのである。それで悔しげに口をつぐんだ父も父だ。そして父は顔をそむけたが、たぶん僕と父は同時に、手洗いの蛇口のところにヒョイと置かれたもみ消された吸い殻を見た。説教は朝方までつづき、母は泣き、僕はいいわけと吸い殻のことが余りに情けなく、翌日からあっさり吸わなくなった。高校、大学でたまに口にしたが、切実に求めてという感じではなかった。

東京で会社を辞め、その日暮らしをしていた一九九五年の春、喘息が再発した。路上で動けなくなってしまい、近くにいた工事現場の男性四人に、両手両足をもたれて病院へかつぎこまれた。それで発作がやんで、工事現場にお礼にいき、そして現場の前の自動販売機でセブンスターを買った。夕方には空になり、そのとき買ったのも深夜には空になった。この日から毎日、二箱と半分のむようになった。

喘息の発作が出たので、やめる、というのが理屈だとむろんわかるが、喘息の発作というもの自体、からだの奥の見えもしない暗がりから出てくる声のようなところがある。自分のからだと周囲との不整合がこらえきれないまでになった瞬間きりきりとあがるきしみのようなもので、僕は喘息の発作が出ていないときは煙草をのみつづけ、発作が出るとやめ、そして吸ってみて、ああ発作がやんでいる、と思うようになった。煙草を吸うから喘息が出た、のではなく、喘息が出るからだだから、切実に煙草を求めたのだ。目に見える発作のかたちで喘息が出ていない人たちも、そういうことを感じるからだの部分をまちがいなくもっている。煙草を求める声やきしみは、理屈や言葉とは関係なく、その底のほうからあがってくるのである。この頃まだ喫煙スペースはなかったが、あったなら外出するとき頭の地図を確認してから出かけたろう。

二〇〇六年十月二十三日の朝、満ち引きを繰り返すみずうみの小説を書き終え、からだの感じが変なので体温計ではかってみたら三十五度より低く、からだじゅうにホカロンを貼り付けて寝、昼過ぎにはかったら三十八度にあがっていた。やたらと咳が出た。二日後に瀬戸内海の直島《なおしま》という島にいく仕事があって、そこでもえんえん咳はつづき、そして痰が出た。自分のからだのいったいどこにこんな量が、と思うほどの痰が、朝起きてから夜寝るまで喉の奥のほうから出た。仕事で一緒に来た人たちが帰ってからさらに二日ひとり直島で過ごした。天気は良好だった。松本の家に帰りつく頃咳はおさまっていて、それから数日間日常を過ごすうち、園子さんが不意に、しんじさん、煙草を吸っていませんねといった。ア、と思った。それから今日まで一本ものんでいない。喘息の発作も出ていないが、完治するものでなく、いずれ再発するかもしれないし、そのときはまた煙草をはじめるかもわからない。

ときどき思うのだが、この、からだ、というものは本当に自分のものなのか。なにか遠くまで広がる煙の、ところどころ濃くなった部分を、人間という輪郭で囲い、目に見えるからだがあると思いこんでいるだけのことではないか。からだはときどき思いもかけない方向にひらき、そちらから、さまざまな出来事や感覚が先触れもなくやってくる。自分の奥のきしみ、声、と先ほど書いたが、ほんとうは内側で鳴るのでなく、さらに奥にひらいた穴から吹きこんでくる外の音なのかもしれない。それがあるから生きているという感じがするのではないか。喫煙スペースを見るたび、せつなく、胸がしめつけられるような思いがするのは、煙をとじこめる四角いガラス箱が、外を奪われ、内向きの咳をえんえんとつづける、喘息のからだのように見えるからかもしれない。

煙歴七十年

内田百閒

節酒、節煙は禁酒、禁煙よりも六づかしいと云ふ。

その節煙の仕方を人に向かつて説かうとする。それにはさう云ふ事を云ひ出す私に、その資格有りや無しや。

資格有りと私は思つてゐる。先づその所を明らかにして掛からなければならない。

私は幼稚園に上がる前から煙草を吸つてゐる。明治の法律で未成年禁煙令が出たのは何年であつたか、よく知らないが、私はまだ小学校に通つてゐた時で、すでに私は相当の煙歴を積んでゐた。

巡査のこはい時分であつて、特に私の生家のある町内を受け持つてゐた巡査は太い髭を生やし、六尺ゆたかな大きな恰幅《かつぷく》で、巡回して来る足音も荒く、その恐ろしさは言語に絶した。巡査は法律に背いた事をすれば、つかまへに来る。私が子供の癖に煙草を吸つてゐる事が知れたら、いつやつて来るかわからない。煙草をやめる事は出来ないが、やめないなら、今後は余程気をつけなければならない。

生家は酒屋で、店がある。私が店先に出てゐた時、後先のつながりは忘れたが、そばにゐた母が一こと私の煙草の事を云つたので、云つたと云ふ程の事ではなく、一寸口に出しただけであつたが、私はどきんとしてすぐに奥へ馳け込んだ。店には人がゐる。うちの者はかまはないが、外から来た者もゐる。お母さんはお店であんな事を云つた、よその人が聞いたらどうすると母にねぢ込んだ。いつ迄もしつこく絡《から》みついた。いやな気持の子供だつた様で、その実害を論じてゐるのではなく、なめてゐる母に甘えたに過ぎない。よその人はお前が煙草を吸つてゐるとは思ひはしない。お母さんが云つたのは、タバコでなくタマゴの事だと思つたに違ひないと取りつくろつて私をなだめた。

これでその話はお仕舞。禁煙令に関聯して思ひ出す事は外に何もない。勿論見つかつたり、つかまつたりした事は一度もなく、第一、明治のその特別法は発布された後、どの程度役に立つたのか、そんな事は知らないし、又私などにわかる事でもない。

爾後今日に及んで、私の煙歴はすでに七十年に垂《なんなん》とする。随分長い年月、口から煙を吐き続けたが、その間に病気で煙草が吸へなかつた時を除いて、自分から煙草をやめようと思つた事は一度もない。つまり禁煙を思ひ立つた記憶はない。ただ、吸ひたくても手許に煙草がないと云ふ、煙草銭に事を欠いた経験はあるが、それも何とかしてつないで、その後の一服がどんなにうまいかを更めて知つた。

困つたのは戦前から戦中、戦後にかけての配給時代である。雲の垂れ下がつた空に空襲警報が鳴つてゐる中を、遠い知人の家まで配給の煙草を貰ひに行つた。さうでもしなければ、銭金《ぜにかね》で煙草を買ふ事は出来なかつた。

煙草の貴重な事を沁み沁みと感じた。煙草は大事にしなければならない。

しかし大事にすると云ふのは、一本の煙草を根もとまで、指の先が焦げる所まで吸ひ尽くすと云ふ事ではない。

大事な煙草をおいしく吸ふ為には、どうすればいいか。

先づ初めに、煙草に火をつけようとする時から問題がある。

火をつけるのは一寸お待ちなさい。

つくづく考へて見るに、我我は今、これから一服しようと思つて煙草を一本手に取り、指に挟む。その「食指ト中指ノ間ニサシハサミ」たる時から、すでに我我は喫煙活動に入つてゐるのである。指にはさんだまま、考へ事を続ける。或は人と話してゐる。

その相手の人がこちらの手許を見て、あわてて自分の燐寸を取り出し、火をつけてくれようとする。戦後は特にさう云ふお愛想がはやり出した。当時は燐寸が不自由であり、ライターはまだ一般には用ゐられてゐなかつた。

燐寸は配給であつて、勝手に買つて来る事は出来ない。幾日振りかにやつとの思ひで配給所から手に入れた燐寸の大箱、昔の木枕《きまくら》、豆腐枕に形が似てゐるから一枕《ひとまくら》、二《ふた》枕《まくら》と数へたその大箱が、中から一本食み出してゐた軸の為に、一寸した摩擦で火が出て、その場で畳の上に置いた儘、シユッと云ふ音と共に全部燃えてしまつた。あぶなかつたけれど、畳を少し焦がしただけで、その火は消し止めたが、後の補充に困つた。もう一度配給所へ行つても、もうくれない。

そんなにがい経験もある。こちらが指に挟んでゐる煙草に、貴重な燐寸を擢つて火をつけてくれようとするのは先方の親切である。

帝銀事件の容疑者がつかまつて、検事の取調べを受ける。重大な事件だから、穏やかに調べようと云ふのだらう。検事が自分の燐寸を擢つて容疑者の煙草に火をつけてやつたと云ふ記事を新聞で読んだ。

検事までがさう云ふ事をする。止んぬるかなと思つた。お愛想煙草と云ふのはあるが、それはこつちの事。お愛想に人の煙草に火をつけられては、私の云ふ節煙は成り立たない。手に取つて、指に挟んでゐる煙草は、まだ吸はなくても、すでに喫煙活動の要素であり、煙草を吸はうと云ふ欲望をやはらげてゐる。

急いで指に挟んだ煙草に火をつける必要はない。火をつけてはいけない。さうしてゐて、その儘で人と話しをし、又は独りで考へ事を続ける。指に持つてゐる時間が長い程いい。これが私の節煙法の前半である。

節煙法の後半を説く前に、前置きがある。なぜ節煙をするか、節煙と云ふ事を考へるか。

その動機にはいろいろあるだらう。煙草代を倹約すると云ふ事もある。ただ私が今ここで云ひ出したのは、無闇に煙草を吸ひ、吸ひ過ぎるのは身体によくない、適当に節制した方がいいと云ふ衛生の為の動機である。

衛生の為に計るのであつて、倹約が目的ではない。だから経済的には無駄だ、勿体ないと云ふ事には構はない。そのつもりでお聴き取りを願ひたい。

一本の煙草を吸つて半ばを過ぎる。そろそろもうお仕舞である。どうかすると、その辺から煙草がうまくなる事もある。しかし大体はすでに火が口に近くなりつつあるので、もうやめて灰にさす頃合ひである。

その時、灰にさす前にもう一口、と云ふその仕舞ひ際のもう一服をやめなさいと云ふのである。本当にまだ吸ひたかつたら、後で又更めて新らしくもう一本つけるとして、兎に角今手に持つてゐる煙草は、惜しくても、いやその惜しいところがいいのだから、そこであきらめて、思ひ切る。

それが習慣となり、度重なれば随分有効な節煙の実を挙げる。さうして後で新らしく吸ふ煙草の味もよくなる。

私の云ふ節煙法は以上の二項で尽きるのであつて、先づ手に持つた煙草に中中火をつけない事、火がついてゐなくても、指に挟んでゐれば煙草を吸はうとする欲望は緩《くわん》舒《じょ》にやはらげられる。

火をつけて吸ひ出したら、仕舞ひ頃、もう一口吸つてからと思ふところでやめてしまふ。

七十年の煙歴を笠に著て、以上、柄にもないお説教を申し述べた。

ののちゃん　7218

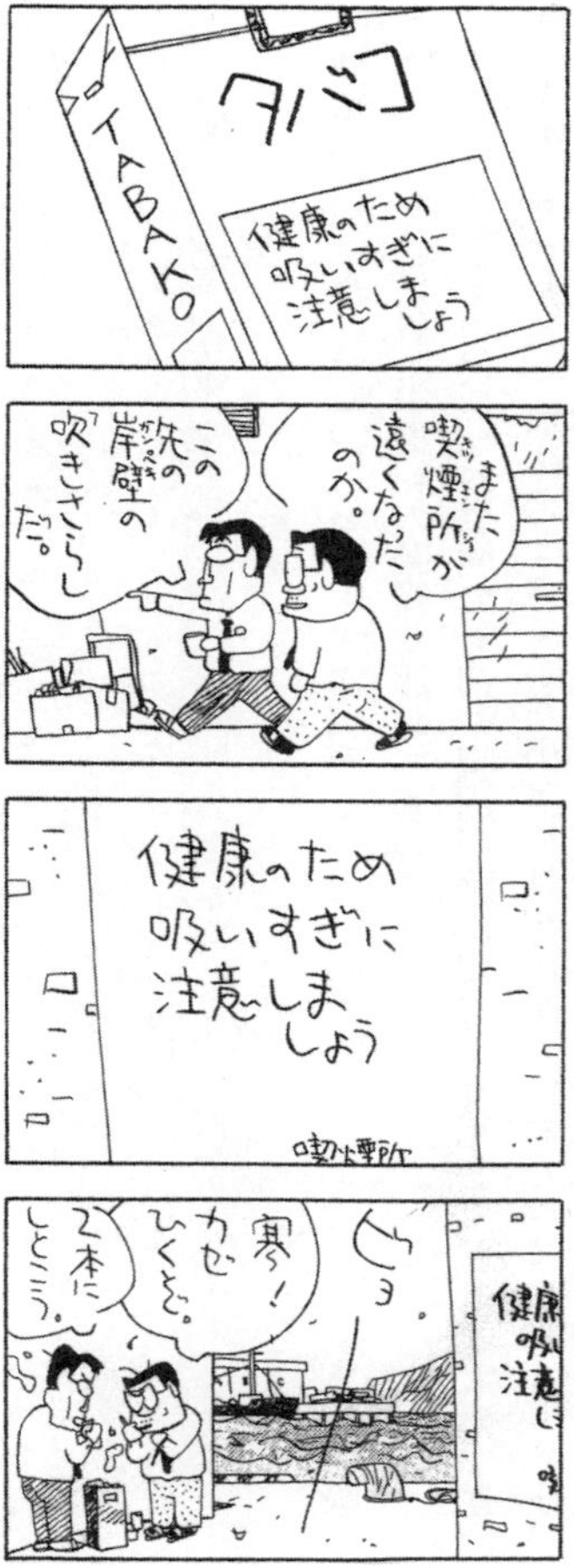

いしいひさいち

時の流れと煙草と

三國連太郎

「暁」

煙草って、よく呑むっていいますが実感としては吸うもののようであります。吸って吹くという行為を半世紀の間繰り返してまいりました。

昔話になりますが、私の生涯で最初の喫煙経験は親父が愛用しておりました「暁」(二十本入り)から一本抜きとってまだ田舎には水洗がいきわたっていなかったトイレ(厠)で吸った一服の甘い味からです。

煙草についての回想と申しますと、敗戦の年のことだったと思いますが、同年兵と揚子江を渡った兵站《へいたん》に公用で出向いた時のことです。

突然、山並みを這うようにやってきた双胴の戦闘機に遭遇し、機銃掃射を浴びてしまいました。戦闘機は何回もしつこく掃射を繰り返してから翔び去っていきました。

空白のような時がどれくらいたちましたか憶えておりませんが、ともかく自分にかえりました。そこには戦友が頭蓋骨を半分ふきとばされて、丁度フグの白子のような脳髄を四辺に散らして事切れておりました。

私は官給品の煙草（たしかあれは連隊旗と日章旗を組み合わせた二十本入りだったと思いますが）をポケットから探し出し、ふるえる手で一本つまみ出してやっと火を付け、不完全燃焼の固体微粒子を空中に吹きだしました。その一服の無味さ加減にァやっぱりなあと生きている自分の風景を、まじまじと自分で眺めさせられたような気がいたしました。

こないだ、戦前、戦後という暗闇のトンネルをくぐりぬけたどうしの久しぶりの同窓会に参加いたしました。昔とは打って変わる異臭をためた同窓生たちと一つの部屋に閉じ込められ、生き残った数十人と黴《かび》の生えた四方山話に煙草を添えるようにして語りあう顔々々は人生の一つの味わい心ではないかと思いましたが、以来私は同窓会には足が向かなくなりました。

「**ピース**」

たしか、私が戦地へ行くとき「金鵄」（旧ゴールデンバット）が七十銭で買えたと思います。それが二年そこそこでピースという十本入りの煙草が、L・S・Tという鉄製の箱船で佐世保港に輸送され引揚援護局で手にしたとき十円になっておりました。驚くことより先ずこれから先のことが恐ろしくなりました。しかし、否応できない現実です、援護資金に貰った千円から身を切る思いを味わいながら購入したことを憶えています。

無蓋車の旅を続けてやっと熱海駅に着いたのは翌日の昼過ぎだったと思います。倒《こ》けつまろびつといいますが、まったくその通りで、やっと伊東線に飛び乗りました。伊東駅は二年前に出征したときのままで、四メートルもありそうな蘇鉄が大型の葉を茎頂に着けて誇らしげにまだ生きていました。バスに乗って下田に着き、慣れた露地を抜けて両親の住んでいる筈の家を急ぎ目指しました。ところが在る筈の家も家並も、すべてが露地と化して青天井の土地がそこにあるだけでした。やっと名物の室鰺を乾しにきた老婆に会い事情を問いただしたところ、詔勅の玉音放送された前日に空襲をうけてこの通り焼け野原になったそうです。さいわい父親は元気で弥次川のこれこれという二階に借家で暮らしていると聞き、その家まで重いリュックを背にそこを訪ね案内を乞いました。ところが見知らぬ女性が伏眼がちに私を迎えると急ぎ足に二階に駆け上がりました。見憶えのある垂《しだ》れ柳が揺れる河辺に腰をかけ夕闇の頃まで父を待ちました。やっと父は闇の中に煙草をくゆらしながらのっそりとあらわれると黙って煙草を私にすすめてくれました。私はそのときすがるような父の眼にはじめて男と女の絆の脆さを感じさせられたのです。

「新生」

社会というものは、ほんとうにいい加減なものですね。すでに父は新しい女性と暮らしていて、母は戦争のさなかに私の弟妹と一緒に奥伊豆に疎開したまま孀《やもめ》同然の暮らしをしていたのです。当然私は父の許に落ちつくわけにもいきませんので、母の疎開先にひとまず腰を据えることにしたのです。しかし何か事あるごとに警察から狙われるのです。近所の人達も意味もなく白い目で見る。敗戦とともに多くの帰還兵は要注意人物になりさがってしまいました。

ある雨の日、母が手に入れてくれた「新生」という煙草を吹かしながら、みじめな母や弟妹を何とか幸せにするには自分がまず幸せを得る事しかないのではと考えていると、視線の中を巡回の警官が雨合羽を被って私の母の家の前を通りすぎました。私はそのとき母の疎開先を捨てることを決めたのです。いまでも思ったほど幸せをつかむことはできませんでしたが、私はこうして生きています。煙草が好きで死ぬまで「新生」を愛した父も、優しかった愚かな母も既にこの世にはいません。

つい先日、金沢市に私用があって、特急で日本海の沿岸をひた走っておりました。海を眺めながら近々撮影する映画の内容をあれこれと考えて煙草をくゆらせていました。出演する映画の監督は松林宗恵氏でありますが、竹中直人君が撮りあげた「無能の人」を彷彿とさせるような人です。松林氏は実際にもれっきとした僧侶でもあります。かねがね氏の次回作の壮大な構想を聞き及んでおりますが、氏みずから「無能の人」たらんと人生に観心し覚夢しないかぎり、いたずら好きな社会にもみくちゃにされてしまうだろうと思いましたとき、消えた煙草に気がつきました。

著者略歴・出典——掲載順

芥川龍之介《あくたがわ りゅうのすけ》
作家。1892年、東京都生まれ。著書に『羅生門』、『鼻』、『芋粥』、『煙草と悪魔』、『蜘蛛の糸』、『邪宗門』、『杜子春』、『藪の中』、『トロッコ』、『侏儒の言葉』、『河童』、『文芸的な、余りに文芸的な』、『歯車』、『或阿呆の一生』など多数。1927年逝去。
紙巻の煙の垂るる夜長かな『芥川竜之介俳句集』(岩波文庫)

開高健《かいこう たけし》
作家。1930年、大阪市生まれ。著書に『裸の王様』(芥川賞)、『輝ける闇』(毎日出版文化賞)、『夏の闇』、『オーパ!』、『ロマネ・コンティ・一九三五年』(所収作品「玉、砕ける」川端康成文学賞)、『破れた繭 耳の物語1』『夜と陽炎 耳の物語2』(日本文学大賞)など多数。一連のルポルタージュ文学により菊池寛賞受賞。1989年逝去。
人生は煙とともに『一言半句の戦場』(集英社)

中島らも《なかじま らも》
作家。1952年、兵庫県生まれ。著書に小説『今夜、すべてのバーで』(吉川英治文学新人賞)、『ガダラの豚』(日本推理作家協会賞長編賞)、『永遠も半ばを過ぎて』、エッセイ『啓蒙かまぼこ新聞』、『中島らもの明るい悩み相談室』、『心が雨漏りする日には』、『牢屋でやせるダイエット』など多数。2004年逝去。
喫煙者の受難「ユリイカ」2003年10月号(青土社)

遠藤周作《えんどう しゅうさく》
作家。1923年、東京都生まれ。著書に小説「白い人」(芥川賞)、『海と毒薬』(新潮社文学賞、毎日出版文化賞)、『沈黙』(谷崎潤一郎賞)、『キリストの誕生』(読売文学賞)、『侍』(野間文芸賞)、『深い河』(毎日芸術賞)など多数。文化勲章受章。1996年逝去。
タバコと私『けむりの居場所』(幻戯書房)

高峰秀子　たかみね　ひでこ

女優、エッセイスト。1924年、函館生まれ。五歳の時、松竹映画「母」で子役デビュー。以降、「カルメン故郷に帰る」「二十四の瞳」「浮雲」「名もなく貧しく美しく」など、300本を超える映画に出演。著書に『わたしの渡世日記』（日本エッセイスト・クラブ賞受賞）など多数。2010年逝去。

私とタバコ『けむりの居場所』（幻戯書房）

檀一雄　だん　かずお

作家。1912年、山梨県生まれ。著書に小説『真説石川五右衛門』『長恨歌』（直木賞）、『火宅の人』（読売文学賞、日本文学大賞）、『リツ子・その愛』、『リツ子・その死』、エッセイ『檀流クッキング』など多数。1976年逝去。

けむりの行衛『けむりの居場所』（幻戯書房）

松浦寿輝　まつうら　ひさき

作家、詩人、仏文学者。1954年、東京都生まれ。著書に詩集『冬の本』（高見順賞）、『吃水都市』（萩原朔太郎賞）、『afterward』（鮎川信夫賞）、小説『花腐し』（芥川賞）、『半島』（読売文学賞）、『名誉と恍惚』（谷崎潤一郎賞、Bunkamuraドゥマゴ文学賞）、『人外』（野間文芸賞）、『無月の譜』（将棋ペンクラブ大賞文芸部門大賞）、批評『折口信夫論』（三島由紀夫賞）、『明治の表象空間』（毎日芸術賞特別賞）など多数。

煙草『散歩のあいまにこんなことを考えていた』（文藝春秋）

夏目漱石　なつめ　そうせき

作家、英文学者。1867年、江戸生まれ。本名、金之助。英国留学後、第一高等学校、東京帝国大学で英文学を教え、その後、朝日新聞の専属作家となる。俳句や漢詩作品も作った。著書に『吾輩は猫である』、『坊っちゃん』、『三四郎』、『それから』、『門』、『こゝろ』、『道草』、『明暗』など多数。1916年逝去。

「文士と酒、煙草」『特装版　漱石全集　第十六巻　別冊』（岩波書店）

久世光彦　くぜ　てるひこ

演出家、作家。1935年、東京都生まれ。「時間ですよ」、「センセイの鞄」（文化庁芸術祭優秀賞作品、日本民間放送連盟賞番組部門テレビドラマ最優秀賞、ギャラクシー賞選奨）など多数のドラマ演出を手がける。著書に『蝶とヒットラー』（Bunkamuraドゥマゴ文学賞）、『一九三四年冬――乱歩』（山本周五郎賞）、『聖なる春』（芸術選奨文部大臣賞）、『蕭々館日録』（泉鏡花文学賞）など多数。2006年逝去。

煙草の人たち『死のある風景』（新人物往来社）

ヒコロヒー

芸人。1989年、愛媛県生まれ。独特の世界観とキャラクターで描く1人コントが人気で単独公演は毎回即完。テレビ朝日「キョコロヒー」、TFM「トーキョー・エフエムロヒー」など多数出演の他、ドラマ・映画出演、執筆や脚本、デザインまで幅広く活躍中。著書に『きれはし』『黙って喋って』がある。

仕事終わりに髪からたばこの香りが鼻をかすめるこの人生も気に入っている「GINGER web」（幻冬舎）

荒川洋治　あらかわ　ようじ

現代詩作家。1949年、福井県生まれ。著書に詩集『水駅』（H氏賞）、『渡世』（高見順賞）、『空中の茱萸』（読売文学賞）、『心理』（萩原朔太郎賞）、『北山十八間戸』（鮎川信夫賞）、エッセイ『忘れられる過去』（講談社エッセイ賞）、批評『文芸時評という感想』（小林秀雄賞）、『過去をもつ人』（毎日出版文化賞書評賞）など多数。

ぼくのたばこ『忘れられる過去』（みすず書房）

米原万里　よねはら　まり

通訳者、作家。1950年、東京都生まれ。9歳から5年間、プラハのソビエト学校で学ぶ。ロシア語通訳協会の初代事務局長、会長を務めた。1992年、日本女性放送者懇談会SJ賞を受賞。著書に『不実な美女か貞淑な醜女か』（読売文学賞）、『魔女の1ダース』（講談社エッセイ賞）など多数。２００６年逝去。

喫煙者にとっても非喫煙者にとってもうれしいタバコ『発明マニア』（毎日新聞出版）

吉田健一　よしだ　けんいち

批評家、作家。１９１２年、東京都生まれ。著書に批評・随筆『シェイクスピア』（読売文学賞）、『日本について』（新潮社文学賞）、『ヨオロッパの世紀末』（野間文芸賞）、『私の食物誌』、『書架記』、『交遊録』、『詩に就て』、『時間』、小説『瓦礫の中』（読売文学賞）、『金澤』、翻訳『葡萄酒の色』、『ラフォルグ抄』など多数。１９７７年逝去。

乞食時代『吉田健一著作集　第二巻』（集英社）

佐藤春夫　さとう　はるお

詩人、作家。１８９２年、和歌山県生まれ。著書に詩集『殉情詩集』、小説『田園の憂鬱』、『都会の憂鬱』、『女誡扇綺譚』、『神々の戯れ』、『更生記』、『晶子曼陀羅』、『小説高村光太郎』、『小説永井荷風伝』、随筆集『退屈読本』、訳詩集『車塵集』など多数。芸術院会員。文化勲章受章。１９６４年逝去。

たばことライター『定本　佐藤春夫全集　第25巻』（臨川書店）

赤塚不二夫　あかつか　ふじお

漫画家。１９３５年、旧満州国生まれ。著書に『嵐をこえて』、『おそ松くん』（小学館漫画賞）、『天才バカボン』、『ひみつのアッコちゃん』、『レッツラゴン』など多数。日本漫画家協会賞文部大臣賞、紫綬褒章受章。２００８年逝去。

我が苦闘時代のたばこ『けむりの居場所』（幻戯書房）

※初出「週刊文春」１９７４年８月19日～９月９日

丸山薫　まるやま　かおる

詩人。１８９９年、大分生まれ。第９次「新思潮」に散文を、「椎の木」に詩を発表。堀辰雄、三好達治らと「四季」（第２次）を創刊。詩集に『帆・ランプ・鷗』、『鶴の葬式』、『幼年』、『涙した神』、『花の芯』、『連れ去られた海』、『月渡る』、

『蟻のいる顔』など多数。1974年逝去。
煙草あれこれ（抄）『新編 丸山薫全集 4』（角川学芸出版）

杉本秀太郎　すぎもと　ひでたろう
作家、仏文学者。1931年、京都市生まれ。著書に『洛中生息』（日本エッセイスト・クラブ賞）、『文学演技』（芸術選奨文部大臣新人賞）、『徒然草』（読売文学賞）、『平家物語』（大佛次郎賞）、『大田垣蓮月』、『伊東静雄』、『パリの電球』、『青い兎』など多数。訳書に『悪の花』、『音楽のために ドビュッシー評論集』など。2015年逝去。
パイプ『西窓のあかり』（筑摩書房）

澁澤龍彦　しぶさわ　たつひこ
作家、翻訳家。1928年、東京生まれ。ジョルジュ・バタイユ、マルキ・ド・サドの翻訳、紹介者として知られる。晩年は小説を発表するようになり、『唐草物語』（泉鏡花文学賞）、『ねむり姫』、『うつろ舟』、『高丘親王航海記』（読売文学賞）などがある。1987年逝去。
パイプ礼讃『澁澤龍彦全集17』（河出書房新社）

安西水丸　あんざい　みずまる
イラストレーター、作家。1942年、東京生まれ。著書にマンガ『普通の人』、『青の時代』、イラスト『村上朝日堂』（村上春樹との共著）、絵本『ピッキーとポッキー』（嵐山光三郎との共著）、小説『アマリリス』、『手のひらのトークン』、エッセイ集『青山へかえる夜』など多数。2014年逝去。
パイプの話『メロンが食べたい』（実業之日本社）

あさのあつこ
作家。1954年、岡山県生まれ。著書に『バッテリー』（野間児童文芸賞）、『バッテリーII』（日本児童文学者協会賞）、『バッテリーI〜VI』（小学館児童出版文化賞）、『NO.6』シリーズ、『The MANZAI』シリーズ、『ぬばたま』、『たまゆら』（島清恋愛文学賞）など多数。

憧れのパイプ、憧れの煙管『喫煙室　第23集　くつろぎの時間』（文藝春秋）

杉浦日向子　すぎうら　ひなこ

漫画家、江戸風俗研究家、文筆家。１９５８年、東京生まれ。著書に『合葬』（日本漫画家協会賞優秀賞）、『風流江戸雀』（文藝春秋漫画賞）、『百日紅』、『百物語』ほか多数。２００５年逝去。

色里の夢は煙か『けむりの居場所』（幻戯書房）

安岡章太郎　やすおか　しょうたろう

作家。１９２０年、高知市生まれ。「陰気な愉しみ」「悪い仲間」で芥川賞受賞。著書に『海辺の光景』（芸術選奨・野間文芸賞）、『幕が下りてから』（毎日出版文化賞）、『走れトマホーク』（読売文学賞）、『流離譚』（日本文学大賞）、『僕の昭和史』（野間文芸賞）、『夕陽の河岸』（所収作品「伯父の墓地」川端康成文学賞）、『果てもない道中記』（読売文学賞）、『鏡川』（大佛次郎賞）など多数。２０１３年逝去。

葉タバコの記憶『雁行集』（世界文化社）

堀口大學　ほりぐち　だいがく

詩人、仏文学者。１８９２年、東京生まれ。堀口九万一の長男。青年期の十数年を外交官の父と海外で過ごす。著書に詩集『月光とピエロ』、『新しき小径』、『砂の枕』、歌集『パンの笛』、訳詩集『月下の一群』、随筆『季節と詩心』など多数。文化勲章受章。１９８１年逝去。

煙草ぎらひ『堀口大學全集　７』（小澤書店）

谷川俊太郎　たにかわ　しゅんたろう

詩人。１９３１年、東京生まれ。著書に詩集『二十億光年の孤独』、『日々の地図』（読売文学賞）、『よしなしうた』（現代詩花椿賞）、『女に』（丸山豊記念現代詩賞）、『世間知ラズ』（萩原朔太郎賞）、『シャガールと木の葉』（毎日芸術賞）、『私』（詩歌文学館賞）、『トロムソコラージュ』（鮎川信夫賞）、『詩に就いて』（三好達治賞）など多数。２０２４年逝去。

煙草の害について『谷川俊太郎詩集　続』（思潮社）

なぎら健壱　なぎら　けんいち

フォークシンガー、俳優。１９５２年、東京都生まれ。アルバムに『葛飾にバッタを見た』、『さすらいのばくち打ち』、『永遠の絆』、『夜風に乾杯』、『風致空地』など。著書に『下町小僧』、『東京酒場漂流記』、『日本フォーク私的大全』、『ぼくらは下町探検隊』、『関西フォークがやって来た！五つの赤い風船の時代』など多数。

嫌煙『酒場のたわごと』（実業之日本社）

山田風太郎　やまだ　ふうたろう

作家。１９２２年、兵庫県生まれ。『眼中の悪魔』および『虚像淫楽』で探偵作家クラブ賞（現日本推理作家協会賞）短編賞を受賞。著書に『甲賀忍法帖』、『くノ一忍法帖』、『江戸忍法帖』、『戦中派不戦日記』、『警視庁草紙』、『人間臨終図巻』など多数。菊池寛賞、日本ミステリー文学大賞受賞。２００１年逝去。

けむたい話『人間万事嘘ばっかり』（筑摩書房）

常盤新平　ときわ　しんぺい

作家、翻訳家。１９３１年、岩手県生まれ。早川書房勤務を経て作家に。著書に小説『遠いアメリカ』（直木賞）、エッセイ集『雨あがりの街』、『ペイパーバック・ライフ』、『スコッチ街道』、『「ニューヨーカー」の時代』、『山の上ホテル物語』、翻訳書『夏服を着た女たち』など多数。２０１３年逝去。

たばこ『いつもの旅先』（幻戯書房）

別役実　べつやく　みのる

劇作家。１９３７年、満州（現中国東北部）生まれ。戯曲作品に『マッチ売りの少女』『赤い鳥の居る風景』（岸田國士戯曲賞）、『やってきたゴドー』（鶴屋南北戯曲賞）など多数。著書に『虫づくし』、『当世・商売往来』、『さんずいあそび』など多数。芸術選奨文部大臣賞、紀伊國屋演劇賞、朝日賞受賞。２０２０年逝去。

喫煙『満ち足りた人生』（白水社）

池田晶子　いけだ　あきこ

文筆家。１９６０年、東京都生まれ。著書に『事象そのものへ！』、『無敵のソクラテス』、『14歳からの哲学 考えるための教科書』、『新・考えるヒント』、『41歳からの哲学』、『14歳の君へ どう考えどう生きるか』、『暮らしの哲学』など多数。２００７年逝去。

たばこ規制に考える『勝っても負けても 41歳からの哲学』（新潮社）

内田樹　うちだ　たつる

思想家、作家。１９５０年、東京都生まれ。武道と哲学のための学塾「凱風館」主宰。著書に『ためらいの倫理学』、『レヴィナスと愛の現象学』、『私家版・ユダヤ文化論』（小林秀雄賞）、『日本辺境論』（新書大賞）、『街場の天皇論』など多数。著作活動全般に対して伊丹十三賞受賞。

喫煙の起源について。「BRUTUS」２００５年3月15日号（マガジンハウス）

柳家喬太郎　やなぎや　きょうたろう

落語家。１９６３年、東京生まれ。著書に『落語こてんパン』、『柳家喬太郎のヨーロッパ落語道中記』など多数。彩の国落語大賞、国立演芸場花形演芸会大賞、芸術選奨文部科学大臣新人賞（大衆芸能部門）受賞。

煙管の雨がやむとき「愛煙家通信　Vol.2」（ワック）

※２０１０年初出のエッセイに加筆。

安部公房　あべ　こうぼう

作家、劇作家。１９２４年、東京生まれ。「壁」で芥川賞を受賞。著書に小説『砂の女』（読売文学賞、フランス最優秀外国文学賞）、『箱男』、『方舟さくら丸』、戯曲『友達・榎本武揚』（「友達」谷崎潤一郎賞）、『未必の故意』（芸術選奨文部大臣賞）、『緑色のストッキング』（読売文学賞）など多数。アメリカ芸術科学アカデミー名誉会員。１９９３年逝去。

タバコをやめる方法『安部公房全集28』（新潮社）

島田雅彦　しまだ　まさひこ

作家。1961年、東京都生まれ。著書に『優しいサヨクのための嬉遊曲』、『夢遊王国のための音楽』（野間文芸新人賞）、『彼岸先生』（泉鏡花文学賞）、『退廃姉妹』（伊藤整文学賞）、『カオスの娘』（芸術選奨文部科学大臣賞）、『虚人の星』（毎日出版文化賞）、『君が異端だった頃』（読売文学賞）など多数。

禁煙の快楽『快楽急行』（朝日新聞社）

東海林さだお　しょうじ　さだお

漫画家、作家。1937年、東京生まれ。主な作品に『ブタの丸かじり』（講談社エッセイ賞）、『アサッテ君』（日本漫画家協会賞大賞）、『新漫画文学全集』、『ショージ君』、『タンマ君』、『サラリーマン専科』などがある。文藝春秋漫画賞、菊池寛賞受賞。紫綬褒章受章。

非喫煙ビギナーの弁『笑いのモツ煮こみ』（文藝春秋）

小田島雄志　おだしま　ゆうし

英文学者。1930年、満州（現中国東北部）生まれ。シェイクスピア戯曲の個人全訳により、山路ふみ子文化財団特別賞、芸術選奨文部大臣賞を受賞。著書に『小田島雄志のシェイクスピア遊学』、訳書に『欲望という名の電車』など多数。文化功労者。読売演劇大賞芸術栄誉賞受賞。

禁煙免許皆伝『道化の鼻』（白水社）

中井久夫　なかい　ひさお

精神科医。1934年、奈良県生まれ。著書に『中井久夫著作集　精神医学の経験』全6巻別巻2、『家族の深淵』（毎日出版文化賞）、訳書にサリヴァン『現代精神医学の概念』、『エランベルジェ著作集』全3巻、『カヴァフィス全詩集』（読売文学賞）、ヴァレリー『若きパルク／魅惑』など。2013年、文化功労者。2022年逝去。

煙草との別れ、酒との別れ（抄）『臨床瑣談　続』（みすず書房）

斎藤茂吉　さいとう　もきち

歌人、精神科医。1882年、山形県生まれ。斎藤茂太、北杜夫の父。「アララギ」同人となり、

「実相観入」の写生説を唱えた。歌集に『赤光』、『あらたま』、『ともしび』（読売文学賞）、『白き山』など、歌論に『柿本人麿』、『万葉秀歌』など多数。帝国学士院賞受賞。文化勲章受章。１９５３年逝去。

　禁烟『斎藤茂吉全集 第七巻』（岩波書店）

赤瀬川原平　あかせがわ げんぺい
　美術家、作家。１９３７年、神奈川県生まれ。著書に『櫻画報大全』、『学術小説 外骨という人がいた！』、『超芸術トマソン』、『新解さんの謎』、『老人力』（毎日出版文化賞特別賞）など、尾辻克彦名で『肌ざわり』、『父が消えた』（芥川賞）、『東京路上探険記』（講談社エッセイ賞）など多数。２０１４年逝去。
　タバコと未練『祝！中古良品』（ＫＫベストセラーズ）

いしいしんじ
　作家。１９６６年、大阪府生まれ。著書に小説『ぶらんこ乗り』、『麦ふみクーツェ』（坪田譲治文学賞）、『プラネタリウムのふたご』、『ポーの話』、『トリツカレ男』、『海と山のピアノ』、『ある一日』（織田作之助賞大賞）、『悪声』（河合隼雄物語賞）、エッセイ集『いしいしんじのごはん日記』（１〜３）、『マリアさま』『息のかたち』など。
　元煙草部『熊にみえて熊じゃない』（マガジンハウス）

内田百閒　うちだ ひゃっけん
　作家。１８８９年、岡山県生まれ。夏目漱石に師事。著書に『冥途』、『旅順入城式』、『百鬼園随筆』、『続百鬼園随筆』、『実説艸平記』、『阿房列車』、『ノラや』、句集『百鬼園俳句帖』、『百鬼園俳句』、『内田百閒句集』など多数。１９７１年逝去。
　煙歴七十年『新輯 内田百閒全集第二十巻』（福武書店）

いしいひさいち
　漫画家。１９５１年、岡山県生まれ。主な作品に『バイトくん』、『がんばれ!! タブチくん!!』、

『鏡の国の戦争』、『元祖おじゃまんが山田くん』、『忍者無芸帖』、『地底人』、『踊る大政界』、『ののちゃん』、『現代思想の遭難者たち』など多数。文藝春秋漫画賞、手塚治虫文化賞短編賞、日本漫画家協会賞大賞、菊池寛賞を受賞。

ののちゃん　７２１８「朝日新聞」２０１７年11月９日

三國連太郎　みくに　れんたろう

俳優。１９２３年、群馬県生まれ。51年、木下恵介監督の「善魔」でデビュー、役名の「三國連太郎」を芸名にする。以降、「ビルマの竪琴」、「大いなる旅路」、「人間の約束」、「親鸞」、「冬の旅」、「美味しんぼ」、「釣りバカ日誌」シリーズほか多数出演。主演男優賞、男優演技賞をはじめ、数々の賞を受賞。紫綬褒章、勲四等旭日小綬章。２０１３年逝去。

時の流れと煙草と

初出「週刊文春」１９９２年８月13日、20日～９月３日

本書は二〇一八年一月にキノブックスから刊行された『もうすぐ絶滅するという煙草について』を底本とし、文庫化にあたり再編集、増補したものです。

向田邦子との二十年　久世光彦
あの人は、あり過ぎるくらいあった始末におえない胸の中のものを誰にだって、一言も口にしない人だった。時を共有した二人の世界。（新井信）

ベランダ園芸で考えたこと　山崎ナオコーラ
ドラゴンフルーツ、薔薇、ゴーヤーなど植物を育て、生と死を見つめた日々。『太陽がもったいない』を改題、書き下ろしエッセイを新収録！（藤野可織）

酒呑みの自己弁護　山口瞳
酒場で起こった出来事、出会った人々を通して、世態風俗の中に垣間見える人生の真実をスケッチする。イラスト＝山藤章二。（大村彦次郎）

好きになった人　梯久美子
栗林中将や島尾ミホの評伝で、大宅賞や芸術選奨を受賞したノンフィクション作家が、取材で各地を訪れ出会った人々について描く。（中島京子）

呑めば、都　マイク・モラスキー
赤羽、立石、西荻窪……ハシゴ酒から見えてくるのは、その街の歴史。古きよき居酒屋を通して戦後東京の変遷に思いを馳せた、情熱あふれる体験記。

ちゃんと食べてる？　有元葉子
元気に豊かに生きるための料理とは？　食材や道具の選び方、おいしさを引き出すコツなど、著者の台所の哲学がぎゅっとつまった一冊。（高橋みどり）

有吉佐和子ベスト・エッセイ　有吉佐和子／岡本和宜編
歴史から社会まで、幅広いテーマを扱った昭和を代表するベストセラー作家。その探究心、行動力を窺い知るエッセイやルポルタージュの作品集。

色川武大・阿佐田哲也ベスト・エッセイ　色川武大／阿佐田哲也／大庭萱朗編
二つの名前を持つ作家のベスト。文学論、落語からタモリまでの芸能論、ジャズ、作家たちとの交流も。阿佐田哲也名の博打論も収録。（木村紅美）

井上ひさしベスト・エッセイ　井上ひさし／井上ユリ編
むずかしいことをやさしく……幅広い著作活動を続け、多岐にわたるエッセイを残した「言葉の魔術師」井上ひさしの作品を精選して贈る。（佐藤優）

ひきこもりグルメ紀行　カレー沢薫
博多通りもんが恋しくて――。家から一歩も出たくない漫画家が「おとりよせ」を駆使してご当地グルメを味わい尽くす〝ぐうたら系〟食コラム。

さびしさについて　植本一子／滝口悠生

「ひとりだから、できること」「ひとりになるのが怖い」写真家と、子どもが生まれた小説家による10往復の手紙のやりとり。自主制作本を文庫化。

「ほとんどない」ことにされている側から見た社会の話を。　小川たまか

性犯罪被害、ジェンダー格差、年齢差別、#MeToo……社会から軽く扱われてきた暴力に眼差しをむけ、声を上げ続けた記録書。文庫版新章を増補！

わたしは驢馬に乗って下着をうりにゆきたい　鴨居羊子

新聞記者から下着デザイナーへ。斬新で夢のある下着を世に送り出し、下着ブームを巻き起こした女性起業家の悲喜こもごも。（近代ナリコ）

イルカも泳ぐわい。　加納愛子

面白乱暴ひねくれ繊細鋭さ優しさ言葉への愛。Aマッソ加納の魅力全部のせ初エッセイ集が文庫に！書き下ろし「むらきゃみ」収録。（フワちゃん）

ねにもつタイプ　岸本佐知子

何となく気になることにこだわる、ねにもつ。思索、奇想、妄想はばたく脳内ワールドをリズミカルな名短文でつづる。第23回講談社エッセイ賞受賞。

なんらかの事情　岸本佐知子

エッセイ？　妄想？　それとも短篇小説？　……モヤッとするのに心地よい！　翻訳家・岸本佐知子の頭の中を覗くような可笑しな世界へようこそ！

ひみつのしつもん　岸本佐知子

『ねにもつタイプ』『なんらかの事情』に続くPR誌「ちくま」の名物連載「ネにもつタイプ」第3弾！　文庫化に際して単行本未収録回を大幅増補!!

女たちのエッセイ　近代ナリコ編

作家、デザイナー、女優、料理家……個性的で魅力溢れる女性たちのエッセイ集。『FOR LADIES BY LADIES』を再編集。（瀧波ユカリ／近代ナリコ）

月刊佐藤純子　佐藤ジュンコ

注目のイラストレーター（元書店員）のマンガエッセイが大増量してまさかの文庫化！　仙台の街や友人との日常を描く独特のゆるふわ感はクセになる！

ことばの食卓　武田百合子／野中ユリ・画

なにげない日常の光景やキャラメル、枇杷など、食べものに関する昔の記憶と思い出を感性豊かな文章で綴ったエッセイ集。（種村季弘）

水鏡綺譚　近藤ようこ

戦国の世、狼に育てられ修行をするワタルと、記憶をなくした鏡子の物語。著者自身も一番好きだったという代表作。推薦文＝高橋留美子　（南伸坊）

へろへろ　鹿子裕文

最期まで自分らしく生きる。そんな場がないのなら、自分たちで作ろう。知恵と笑顔で困難を乗り越え、新しい老人介護施設を作った人々の話。（田尻久子）

暗闇のなかの希望　増補改訂版　レベッカ・ソルニット　井上利男／東辻賢治郎訳

イラク戦争下で「希望を擁護する」ために刊行され、二〇一六年に加筆された改訂版を文庫化。アクティヴィズムと思想を往還する名著。（小川公代）

おいしいおはなし　高峰秀子編

向田邦子、幸田文、山田風太郎……著名人23人の美味な思い出。文学や芸術にも造詣が深かった往年の大女優・高峰秀子が厳選した珠玉のアンソロジー。

橙書店にて　田尻久子

熊本にある本屋兼喫茶店、橙書店の店主が描く本屋と「お客さん」の物語36篇。書き下ろし・未収録エッセイを増補し待望の文庫化。（滝口悠生）

水辺にて　梨木香歩

川のにおい、風のそよぎ、木々や生き物の息づかい。カヤックで水辺に漕ぎ出すと見えてくる世界を、物語の予感いっぱいに語るエッセイ。（酒井秀夫）

この話、続けてもいいですか。　西加奈子

ミッキーこと西加奈子の目を通すと世界はワクワク、ドキドキ輝く。いろんな人、出来事、体験がてんこ盛りの豪華エッセイ集！（中島たい子）

買えない味　平松洋子

一晩寝かしたお芋の煮っころがし、土瓶で淹れた番茶、風にあてた干し豚の滋味……日常の中にこそある、おいしさを綴ったエッセイ集。（中島京子）

貧乏サヴァラン　森茉莉　早川暢子編

オムレット、ボルドオ風茸料理、野菜の牛酪煮……。食いしん坊茉莉は料理自慢。香り豊かな〝茉莉ことば〟で綴られる垂涎の食エッセイ。文庫オリジナル。

紅茶と薔薇の日々　森茉莉　早川茉莉編

天皇陛下のお菓子に洋食店の味、庭に実る木苺……森鷗外の娘にして無類の食いしん坊、森茉莉が描く懐かしく愛おしい美味の世界。（辛酸なめ子）

ちくま文庫

もうすぐ絶滅《ぜつめつ》するという煙草《たばこ》について

二〇二五年五月十日　第一刷発行

編　者　ちくま文庫編集部

発行者　増田健史

発行所　株式会社　筑摩書房
東京都台東区蔵前二―五―三　〒一一一―八七五五
電話番号　〇三―五六八七―二六〇一（代表）

装幀者　安野光雅
印刷所　信毎書籍印刷株式会社
製本所　株式会社積信堂

ISBN978-4-480-44011-2　C0195